불안이 젖은 옷처럼 달라붙어 있을 때

트라우마를 가진 당신을 위한
회복과 치유의 심리에세이

불안이
젖은 옷처럼
달라붙어
있을 때

박성미 지음

시크릿하우스

내 인생의 블랙스완적 순간

짐승의 울부짖음 같았다. 어릴 때 교회에 갈 때마다 지나가야 했던 양계장에서 칼 아래에 놓인 닭의 비명, 혹은 먹을 것 좀 얻어먹으려고 사람들 사이를 기웃거리다가 애먼 발길질에 얻어맞던 개의 비명. 내가 내던 소리도 그 짐승들과 다를 바 없었다. 내가 통제할 수 없었기 때문에 내 것 같지가 않았다. 나는 언어를 잃은 것 같았고 비명만 질러대는데, 동시에 그런 내가 생경하다고 느꼈다. 말하자면, 한순간에 짐승같이 울부짖는 나와 그걸 호기심으로 관찰하는 나로 분리되었다. 공포에 질려 정신이 아득해지는 걸 느꼈다. 나를 지켜보던 할머니가 애원하는 소리가 얼핏 들렸다. 애가 뒤로 넘어갈지도 모른다고. 그때 아버지는 어머니를 때리기를 그만두었다. 그 후 내가 그 순간을 어떻게 보냈는지 모르겠다. 어찌어찌 그 밤을 지나쳐 다음 날을 맞이했는지 기억나지 않는다. 그러나 지금까지도 기억나는 건 언어를 잃은 짐승의 소리를 내던 나와 그런 나를 관찰하던 나로 분리되었던 느낌은 또렷하게 기억난다. 그리고 알게 되었다. 그 일 이후로 나는 이전으로 돌아갈 수 없다는 것을. 빈도와 강도의 차이는 있겠지만, 이 순간을 평생 기억할지도 모르겠다는 생각이 들었다.

이와 같은 강렬한 사건을 '블랙스완'이라 할 수 있다.

1697년 영국의 자연학자인 존 라삼이 흑조(Black Swan)를 발견하면서 사람들에게 주었던 충격은 어마했다. 한글의 '백조'와 같이 영어 'swan'에는 이미 하얗다는 의미가 전제되어 있었고, 흑조의 발견은 존재하는지도 몰랐던 것을 발견하여 기존의 관념을 깨트린 사건이었다. 최근에 와서는 투자 전문가인 나심 니콜라스 탈레브가 1987년 블랙먼데이와 2001년도에 발생한 9·11 테러, 2008년 서브프라임 모기지 사태를 설명하기 위해 '블랙스완'이라는 표현을 사용했다. 블랙스완은 그 사건이 발생하기 전의 경험으로는 설명이 되지 않는, 극단적으로 예외적이어서 발생 가능성이 낮지만, 일단 발생하면 엄청난 충격과 파급효과를 가져오는 사건을 뜻한다.

나는 블랙스완을 이와 같은 사회적 사건이 아니라, 개인 내적인 사건에도 적용할 수 있다고 생각했다. 일단 발생하면 그 이전으로는 돌아갈 수 없게 하는 사건. 쉬운 예로, 트라우마적 사건을 들 수 있다. 한 사람의 삶에서 예기치 않게, 절대 일어나지 않을 것 같은 비극이 발생해, 그 이후로는 그 사건 이전과 다른 삶을 살게 하면서 온통 그 사람을 지배하는 사건. 그러나 곰곰이 생각해보면, 트라우마적 사건이 아니라 하더라도 나를 변화시키는 사건은 존재한다. 그래서 나는 블랙스완 개념을 적용해, 나를 변화시킨 사건이 무엇인가 탐구하는 일환으로 의도적으로 경험에 대한 글을 쓰기 시작했다.

영화 「블랙스완」으로 주연배우였던 내털리 포트먼은 83회 아카데미 여우주연상을 받았다. 뉴욕 발레단의 퀸이 되기 위해 순수한 백조와 욕망의 흑조를 오가며 완벽하게 연기하려던 극 중 인물인 니나는 자신의 그림자에게 점차 잠식당하며 자아가 분열되고 만다. 내털리 포트먼은 니나가 경험하는 내면의 갈등과 혼란스러움, 폭발을 매력적으로 그렸다. 이 영화에서 흑조는 융의 그림자 이론과도 맥을 같이 한다.

살아있는 모든 이에게 존재하는 그림자는, 겉으로 추구하는 사회적 페르소나와 다르게 '내가 외면한 나의 모습'이다. 내 안의 그림자를 억누르기만 한다면, 그림자의 힘은 더욱 강하게 나를 잠식한다. 우울이 될 수도 있고, 불안이 될 수도 있다. 강박이나 공황장애로 극심한 고통을 초래할 수도 있다. 융은 내면의 그림자 존재를 인정하는 것, 다독여주는 것이 정신 건강을 유지하는 데에 필수라고 했다. 그래서 나는 내 안의 그림자 – 흑조를 인정하는 과정으로도 블랙스완이라는 표현을 사용할 것이다.

'블랙스완(Black Swan)'의 정의

1. 이전으로 돌아갈 수 없게 하는 강렬한 사건

2. 내가 외면하고 싶은 내 그림자
어두운 욕망, 열등감, 질투 등의 추악한 감정 혹은, 사건

짐승처럼 울부짖었던 때는 중학생이었던 시절로 기억한다. 성인이었던 오빠들이 집에 없었던 밤, 순식간에 일이 벌어졌던 것이었다. 아버지는 아마도 그때를 기억하지 못할 것이다. 아버지에게는 별 영향이 없었던 그 사건은 이후 나에게 엄청

난 부피와 크기를 가진 눈물의 무게로 다가왔다. 한 존재가 다른 존재에 짓밟히는 장면을 목격한 나는, 그게 나의 소중한 사람들 사이의 일이기 때문에 이후로도 내가 짓밟히는 것 같은 아픔을 지속적으로 느꼈다. 이제 그 사건에 대해선 할머니가 돌아가신 후에는 내가 유일한 목격자가 되었다.

　앞으로 내가 쓰게 될 글은 울부짖던 나와 그것을 바라보던 나의 시점을 오갈 것이다. 경험에 대해 솔직하게 드러내면서도 관찰자와 분석자의 시점을 놓치지 않으려 노력할 것이다. 그런 과정에서 정리되지 않은 마음이 불쑥 튀어나와 날 망쳐버릴지도 모른다는 두려움이 든다. 그럼에도 이런 이중의 노력을 하는 이유는, 내가 오랫동안 외면하려 해도 끊임없이 날 찾아내어 무너뜨리는 '고통'의 정체에 대해 파악해야만 하기 때문이다. 고통은 내 안에만 머무는 것이 아니라, 내 몸을 통해 밖으로, 명확한 모습으로 드러난다. 더 이상 물러설 수 없다는 마음으로 자기 분석에 관한 글을 쓴다. 그래서 이 글을 읽는 사람들이 자신의 고통에도 잠시나마 귀 기울이는 시간이 되었으면 좋겠다. 내 속에 있는 블랙스완을 발견하고 드러내는 시간이 어둠에서 빛을 발할 수 있다고 믿는다.

델뵈프는 이렇게 말한다. 〈모든 심리학자는 어둠 속의 문제에 빛을 발할 수 있다고 믿으면, 자신의 약점까지도 고백해야 한다〉.

프로이트 전집 4 『꿈의 해석』

차례

PART
1
—

과거로부터 오는
부서진 메시지

소리 없는 비명이 계속됐다

"엄마, 나 이상해. 병원 가야 할 것 같아."

처음엔 피곤해서 눈에 경련이 오는 거라고 생각했다. 그런데 눈꺼풀에 힘을 주고 감아보려 해도 눈이 감기지 않았다. 그다음엔 목이었다. 목이 점점 뻣뻣해지는데, 눈이 그랬을 때와는 달리 아파 오기 시작했다. 목 근육에 쥐가 난 건가 싶어서 목 근육을 풀기 위해 좌우로 움직이려 했지만, 내 뜻대로 전혀 움직일 수 없었다. 나는 심부름으로 슈퍼에 가던 길이었는데, 신호등 앞에서 다시 집으로 돌아가, 어머니에게 말했다.

어머니는 처음에 내가 그랬던 것처럼 스트레칭하듯이 가볍게 움직여보라고 했지만, 나는 전혀 움직일 수 없었다. 날카롭게 후비는 통증이 점점 진해지고 있었다. 혀가 굳으면서 말도 조금씩 어눌해졌다. 어머니와 함께 집 근처 동네 병원 입구에 들어서자마자, 목이 뒤로 기이하게 꺾이면서 숨을 쉬지 못하고 복도에 쓰러졌다. 어머니의 비명이 들렸다. 다행히 나는 다시 숨을 쉬게 되었지만, 목은 뒤로 한껏 꺾여 있었다. 숨을 쉬기가 어려워 입에 산소 호흡기를 착용했고, 잠시 후 동네 병원 의사는 소견서를 내밀며 근처 대학병원 응급실에 가보는 게 좋겠다고 했다.

응급실에 도착했을 때쯤엔 내 입의 위아래는 좌우로 틀어지고 있었다. 감지 못하는 눈에, 목은 뒤로 꺾어지고 턱은 틀어져, 나는 벌어진 입에서 흐르는 침을 어쩌지 못했다. 응급실 침대 위에 있었지만, 몸이 틀어져 있어 제대로 누워있을 수도 없었고, 의사 표현도 제대로 할 수 없었다. 목에서 팔, 손 일부에까지 근육 이상은 계속 진행되었다. 단 30분 만에 나는 몸속에 갇히게 되었다.

CT나 엑스레이에서 이상이 발견되지 않았고, 뇌에도 이상이 없었다. 원인은 알 수 없었지만, 증상은 또렷했다. 응급실에서의 시간이 흐르자, 사람들이 나를 장애인으로 보는 것 같은 시선을 느꼈다. 말을 못 알아듣는 것도 아닌데도 큰소리로 천천히 또박또박 말했고, 침 흘리는 나를 혐오스러운 눈으로 쳐다보기도 했다. 응급실인데도! 우연히 이웃집 아주머니가 어머니와 나를 발견하고는 다가왔다. 나를 쳐다보더니, '어린 애가 풍이 온 거 같다'고 했다. 나를 내려다보는 눈빛이 측은 하면서도 재미있는 일을 발견한 것 같은 표정이었다. 타인의 불행에는 묘한 매력이 있다. 나는 화가 나서 어머니의 손을 꽉 잡고 신경질적인 소리를 냈다. 입이 뒤틀려 말을 할 수 없 으니, 언어화되지 못한 소리가 입 밖으로 흘러나왔다.

"어머, 얘가 왜 이러지?"

어머니는 난처한 표정으로 나를 바라보았다. 나는 무례한 아주머니에게 화를 전달하고 싶지만, 마음대로 되지 않았다. 내 정신은 몸이 뒤틀리기 전과 마찬가지로 온전한데도 의사 표현 하나 제대로 전달할 수 없었다. 나는 내 몸속에 갇혀, 나 를 바라보는 사람들의 달라진 시선에 더 고통스러웠다.

"똑똑하던 애가 이렇게 됐네. 풍이면 계속 이렇게 살아야 할 텐데, 불쌍해서 어쩌냐."

혀를 차면서 이웃집 아주머니는 사라졌다.

오후 1시 정도 응급실에 와서 밤이 되어서야 벗어났다. 강 력한 안정제를 맞았는지, 어느 순간부터 약에 취해 정신을 차릴 수가 없었다. 간간이 눈을 뜨곤 했는데, 차를 타고 집에 돌아가고 있었고, 그다음엔 집이었다. 그리고 다음 날 아침에 일어나자, 내 몸은 익숙한 형태로 돌아와 있었다. 살아 돌아왔다는 기쁨이 들지 않았다. 아무 일 없었던 것처럼 다음 날 교회에 갔다.

그리고 그날 이후로 죽음에 대한 공포가 시작됐다. 그 공포는 내가 나에게서 분리될 것만 같은 느낌이었다. 하나라고 생각해서 절대로 떨어지지 않을 거라고 생각했던 것들이 쪼개지고 분리될 것 같았다. 내가 바라보는 세상, 세상을 바라보는 내가 금방이라도 사라질 수도 있었다. 낮에는 아무렇지도 않은 척 지냈지만, 밤이 되면 자다가 그대로 또 숨을 못 쉬고 죽을까 봐 잠을 잘 수가 없었다. 그땐 낮이어서 도움을 요청할 수 있었지만, 만약 밤이라면? 공포에 휩싸여 비명을 지르는 날들이 늘어났다. 그러다가 지친 후에 찾아오는 엄청난 공허감. 언젠가 어디서 맞이할지 모르는 미지의 죽음이 두려웠다. 나는 조금씩 부서지고 있는데, 어머니는 외면하고 싶어 고개를 돌렸고, 아버지는 관심이 없었다.

문틈으로 술에 취한 아버지가 나를 '갖다 버렸으면 좋겠다'

고 하는 소리를 들었다. 말이 안 된다고 생각했다. 그때 나는 벌써 고등학교 3학년이었는데, 버리기엔 너무 늦었기 때문이다. 나는 집을 곧 벗어나고 말 거라고 다짐했다. 그리고 대학생이 되자마자 모두의 반대 속에, 반대하든 말든 상관도 안 했지만, 집을 벗어나 살았다. 그즈음에는 낮에도 숨을 못 쉴 정도의 심한 불안발작이 일어나기도 했다. 특히 지하철이나 버스 같은 대중교통을 이용할 때는 한 번에 목적지까지 가지 못하고 중도에 몇 번씩 내려야 했다. 그래도 끝까지 가지 않은 적은 없었다. 학교에 갈 때나 약속 장소에 가기 위해 나설 때는 발작이 일어나서 지체되는 시간까지 계산해서 원래 소요되는 시간보다 이르게 나왔다.

　그 시기에 적절한 치료와 위로를 받을 수 있었다면, 얼마나 좋았을까? 나는 집을 떠나 혼자 살기에도, 공부하기에도 벅찬 시간을 보내고 있었고, 무엇보다 제 발로 계획적으로 가족을 벗어났음에도 버림받은 느낌을 지울 수가 없었다. 사람들과 만나지 않았고, 친구를 사귈 정도의 심적인 여유도 갖지 못했다. 대부분의 시간에 혼자였고, 혼자 있는 게 고통스럽게도 너무나 당연한 것으로 느꼈다. 가끔 누군가와 대화를 나누다 보면, 나도 모르게 날이 선 말을 한다거나 아무런 감정을 느낄 수 없었다. 아버지가 돌아가신 이야기를 하며 울고 있는 친구를 바라보면서도 아무것도 느껴지지 않았다. 왜 내 앞에서 울고 있는 건지, 하마터면 짜증이 날 뻔했다. 그런 나를 발견하고 한편으로는 놀랐다. 나는 마음이 경직되다 못해, 고장 나고 있었다. 슬픈 영화나 잔인한 연쇄살인마 영화를 보아도 아무렇지 않았다.

아무것도 느끼지 못하는 것과 같은 무감정, 흥미나 즐거움의 상실은 우울장애의 대표적인 증상이다. 그리고 나는 과도한 긴장과 불안감을 느끼는 불안장애까지 함께 해서 우울과 불안으로 이어지는 무한궤도에 빠져든 것 같았다. 달라지고 싶다는 기대감과 다시 태어나지 않고서는 회복할 수 없으리라는 절망감이 동시에 있었다.

눈물의 의미

전쟁 가운데에서 혼자가 된 아이는 상처를 입은 채 도망가다가 자신에게 총을 겨눈 군인들 앞에서 처음으로 자기 능력을 각성하게 된다. 그날이 아이가 처음으로 사람을 죽인 날이었다. 죽을지도 모른다는 엄청난 두려움만으로 단숨에 군인들을 모두 죽였다. 그 세계에선 공간 이동이나 사람을 들어 올리거나 때로는 누군가를 죽일 수 있는 능력을 가진 사람들을 '사체스'라고 부른다. 전쟁에서 살아남은 아이, 시온은 사체스 중에서도 최상위권의 능력을 가진, 보기 드문 사체스였다.

처벌받지 않는 대신에 보호 대상자가 된 시온은, '뷔다'라고 불리는 일종의 양아버지와 같은 역할을 맡은 라즈로를 만나, 처음으로 평범한 삶을 살게 된다.

"나는 이것을 게임이라고 생각해. 왜냐하면 어차피 너와 나는 친 부자지간이 아니니까. 그러니까 게임인 거야. 한번 해볼래?"

첫 만남에서부터 악수를 거부하며 온몸에 가시를 세우는 시온에게 라즈로는 억지로 다가가려 하지 않는다.

"함께 책도 읽고 밤에는 같은 집에서 자고. 아침에는 함께 아침밥을 먹고."

시온은 그렇게 라즈로와 함께 살게 된다. ('캬'라는 엄청나게 크고 순하면서 영리한 고양이도 함께 산다.)

어느 날, 학교에서 시온이 어떤 아이와 주먹다짐을 하게 되었다. 그 아이의 엄마는 라즈로에게 와서 뷔다 역할을 계속하고 싶으면, 교육을 똑바로 시키라고 엄포를 놓고 간다. 라즈로가 시온을 부르며 집안 곳곳을 찾아다녔다. 마침내 라즈로에게 혼날까 봐 캬 뒤에 숨었다가 들킨 시온은 캬의 뒤에서 나오며 미소를 짓고 있는 라즈로에게 말한다.

"화 안 내요?"

"화 안 내. 아직 우린 그렇게까지 친한 부자지간이 아니잖

아. 물론 폭력을 휘두른 건 나빠. 하지만 너도 그전에 전쟁고 아라고 놀림을 당했잖니. 그렇기 때문에 나는 우선 양부모로서 하고 싶은 일을 하고 싶어. 괜찮겠니?"

라즈로는 시온에게 다가가 무릎을 굽히고 시온을 다정하게 안아주며 볼에 입을 맞췄다. 시온은 소스라치게 놀라 물러선다.

"뭐 하는 거예요, 라즈로!"

"뭐라니… 아버지 흉내를 내는 거야."

라즈로의 포옹에, 어린아이 같지 않게 시종일관 강하고 날이 선 모습이었던 시온은 자신도 모르게 복받쳐 오르는 눈물을 주체하지 못한다.

"눈물이 나와요."

"그건 아마 네가 실감했기 때문일 거야. 이런 경험은 네게는 처음이지만, 네가 쓰러뜨린 아이에게는 태어났을 때부터 당연한 일이야. 네게는 첫 뽀뽀였지만, 다른 아이들은 벌써 몇만 번이나 받았지. 그 차이가 '고아'라는 것을 비로소 알고 너는 마음속 깊은 곳에서 겨우… '쓸쓸함'을 느낀 거란다. 상당히 인간다운 감정이지."

그리고 라즈로는 말을 이어간다.

"분하니?"

시온은 울면서 말없이 라즈로를 바라본다.

"분하다면 앞으로 절대로 불행해져선 안 되는 거야. 절대로. 지금은 불행할지 몰라도 앞으로의 일을 알 수 없는 거야. 너는 다행히도 나라에서 재능을 인정해주었다. 네가 조금씩 그 불행에서 탈피해나가면 이번에는 그때마다 칭찬의 뽀뽀를 상으로 해줄게. '참 잘했다'고. 내게 있어서의 상은, 그때의 네 웃는 얼굴이야. 그렇게 해서 우리는 점점 친 부자지간처럼 되는 거지. 어때, 즐겁지 않니?"

그리고 얼마 안 가, 시온은 라즈로가 캬와 함께 교통사고로 죽었다는 비보를 듣게 된다. 시온은 이 사실을 냉정하게 받아들이려 노력하지만, 다시금 절망하고 만다.

"또 혼자가 됐어."

만화 『나의 지구를 지켜줘』의 주인공 시온의 어린 시절 이야기다. 나는 날카로운 시선으로 세상을 대하는 시온에게 필요한 것은 볼 위에 닿는 간지러운 '뽀뽀'였다는 것이 드러나는 이 대목을 여러 번 보았다. 처음 느끼는 따뜻함에 우는 시온, 그리고 라즈로가 시온에게 '분하다면 앞으로 절대로 불행해져선 안 된다'라고 말하는 대목이 좋았다. 나의 분한 눈물에 라즈로가 위로해주는 것 같았다. 내가 시온이었다.

불안발작은 계속되었다. 지하철에서 숨을 못 쉴 때가 반복되었고, 그럴 때마다 비닐봉지를 꺼내서 입에 대거나 비닐봉지가 없으면 입 앞에 두 손을 모아서 숨을 쉬었다. 응급실에 실려 갔을 때 근육 경직과 함께 과호흡 증세가 있는 것 같아 받았던 처치였다. 그러나 조금도 나아지지 않았고 발작의 빈도수는 증가했다. 무엇보다 몇 년이나 그렇게 버텨보았는데도 하나도 나아지질 않았다. 밤이 되면 혼자서 공포에 떨면서 잠들지 못했다. 새벽이 되어 조금 세상이 밝아지면 그제야 살았다는 안도감과 함께 파도처럼 밀려오는 피로감으로 조금 잠들기도 했는데, 오래가진 않았다.

온 하루가 알 수 없는 불안감에 압도된 뒤로, 냉정하게도 그 고통은 온전히 나만의 것이며 내가 감당해야 하는 몫이라는 생각이 들면서 병원을 찾게 되었다. 이미 여러 번, 정신과에서 치료받은 경험이 있었지만, 이전에 내가 병원에서 경험했던 건 모멸감이었다. 그래서 불안발작으로 낮에는 숨을 못 쉬고, 밤에는 공포와 비명으로 날을 새우면서도 병원을 찾지 않았던 것이다.

난 증상(symptom)이 아냐, 사람(person)이야!

다시 병원을 찾으면서 불안발작만 개선될 수 있다면 좋겠다고 생각했다. 학교 상담센터에서 1년간 상담을 받으며 많이 개선됐지만, 그런데도 신경전달물질에 문제가 있는 것 같았다. 아무리 노력해도 기분이나 증상은 나아지지 않았기 때문이다.

병원은 다행히 이전의 나쁜 기억을 되새기게 하지 않았다. 나에게 맞는 약을 찾는 기간이 약 3개월 정도였고, 그 후로 휴지기와 재발을 반복하면서 3년이 흘렀다. 그동안 나는 학부에서 공부하던 심리학으로 대학원에 진학해 다니고 있었고, 병과는 별개로 특유의 차가운 태도는 노력해도 단숨에 사라지지 않았다. 고통은 고통의 주체가 자신에게만 집중하게 한다. 나는 혼란스러운 내면을 들키지 않기 위해 혼자 있으려 했고, 무엇이든 혼자 있을 때 잘하는 것 같았다. 왜 어떤 사람들은

관계 속에서 고통을 받으면서도 사랑을 갈구하는지 이해가
되지 않았다. 아마도 마음이 물처럼 흐르지 않고 딱딱해진 것
같았다.

'눈물을 흘릴 수 있는 사람이 될 수 있다면 좋겠다.'

어느 순간 나도 모르게 떠오른 생각이었는데, 막상 한 번
떠올리고 보니, 이후에는 간절해졌다. 다른 사람들이 아파할
때 함께 고통을 느낀다는 건 어떤 걸까 생각해 보다가 정말
근사하다고 여겨졌다. 내가 실제로 겪고 있지 않지만, 타인의
고통을 보고, 그대로 내 안에 재현할 수 있다는 것. 그건 전전
두엽의 이상적인 기능, 인간의 가장 고 지능화된 능력이었다.
체험하지 않아도 타인의 경험으로 학습할 수 있다는 건 전두
엽의 발달과 맥을 같이 한다. 그중에 생각보다 더 강력한 것
은 감정이었다. 감정으로 인한 학습은 뇌에 확실하게 각인된
다. 우린 언어화될 수 없더라도 감정을 통해 많은 정보를 얻
는다. 공감은 타인에 대한 엄청난 정보 값을 단숨에 얻는 셈
이다.

난 공감을 배우고 그럴듯하게 연기하기로 마음먹었다.

공감을 위한 노력과 내 유령

내가 타인의 감정을 알기 위해 한 노력은 크게 두 가지로 나눌 수 있으며, 이 둘을 반복 실행하는 것을 목표로 두었다.

1. 감정을 경험하고 있는 사람들이 자신의 감정에 대해 어떻게 말하는지 관심을 기울인다.

2. 시나 소설, 영화 등의 매체를 통해 특정 감정을 표현하는 방식을 접한다.

3. 1번과 2번을 통해 습득한 것을 내 감정에도 적용하여 표현해보고, 사람들이 어떻게 반응하는지 살펴보며 표현방식에 대해 보완·수정한다.

첫 번째 항목을 실천하기 위해서는 다른 사람들과 대화할 때 그 사람에게 집중하는 의식적인 노력을 해야 했다. 그동안 내가 사람들과 대인관계를 형성하지 않아, 누군가가 나에게 먼저 자신의 마음을 먼저 열기를 기대하긴 어려웠다. 우연히 사람들 사이에 낄 수 있을 때, 나를 제외한 사람들이 어떻게 서로 소통하는지 살펴보았다.

"○○와 헤어지게 될 것 같아." 친구 1이 불행한 미래를 예측하는 말을 하면, 친구 2는 "너희 잘 사귀고 있었잖아. 어쩌다가?"라며, 친구 1의 불행을 이미 짐작했음에도 불구하고 정확성을 더하기 위해 궁금해하는 반응을 보이며 친구 1이 속내를 말하도록 유도한다. "아, 몰라. 걔 좀 이상해." 친구 1은 이마를 찌푸리며 이야기를 더 이어가려다가 내 눈치를 한번 본다. 나는 친구 1을 쳐다보며, "나는 사실 네가 ○○와 사귀는지도 몰랐어. 근데 네가 너무 아까운 것 같은데?"라고 말한다. 그러면 친구 1은 "그렇지?" 하면서 원래 친구 2에게 하려다 나 때문에 잠시 멈췄던 이야기를 다시 이어 나간다. "내가 어제 ○○와 통화하는데, ○○가 이러는 거야……."

친구 1의 이야기를 온전히 다 들어도 나는 그 친구를 이해하지는 못할 때가 많았다. 나에게는 별로 의미가 없는 일에 왜 그렇게 크게 반응하는지. 그러나 친구 2가 하는 반응들, 예를 들어, "아, 그랬구나"라거나 "그럼, 당연히 기분 나쁘지", "잘했어" 하는 맞장구가 인상적이었다. 둘은 이야기하면 할수록 더욱 가까워지고 있었다. 그렇게 사람은 다른 사람에게 호응하며 보이지 않는 서로의 거리는 좁혀지고, 나중에는 삶의 큰 부분을 공유하며 서로를 지켜주는 단계에 이르는 거라는 걸 알게 되었다. **서로 지켜주는 사이가 된다.**

대학 동기들은 혼자 있는 나에게 그럴 수 있는 건 강하기 때문이라고 했다. 그래서 관계에 속하지 않아도 되는 거 아니냐고. 지금도 그렇지만, 간혹 사람들은 혼자 있는 것에 지나치게 가치를 부여한다고 느껴질 때가 있다. 주로 관계에 얽매여 있어 힘들어하는 사람들이 자신의 피로감으로 이야기하는 것일 수도 있겠지만, 사회적 동물인 인간에게, 그리고 관계를 매우 중시하는 문화권인 한국에서 혼자라는 건, 생존까지 위험할 수 있다. 물론 우리가 혼자가 되어야 하는 순간이 필요하다는 것을 부인하진 않는다. 지금, 이 글을 쓰는 순간에도 나는 자발적으로 잠시나마 혼자 되기를 선택했다. 나의 문제는, 나는 혼자 있는 것 외에 대안이 없다고 여겼다는 데에 있었다. 오히려 나를 드러낼 정도로 강하지 않았다.

두 번째 항목을 실천하기 위해서 학교 도서관에 오래 머물렀다. 주로 책을 읽었지만, 책에 집중하기 힘들 때는 학교 멀티미디어실을 찾아서 DVD를 빌려 보았다. 초반에는 책도, 영화도 주로 강한 자극을 주는 것에 끌렸다. 내 마음을 흔들어 놓기 위해서는 아무래도 감정의 파동이 큰 게 효과적이었다.

일찌기 나는 아무것도 아니었다.
마른 빵에 핀 곰팡이
벽에다 누고 또 눈 지린 오줌 자국
아직도 구더기에 뒤덮인 천년 전에 죽은 시체.
(……)

내가 살아 있다는 것,
그것은 영원한 루머에 지나지 않는다.
— 최승자의 시 「일찌기 나는」, 『이 시대의 사랑』

최승자, 기형도, 김중식, 강기원 등 고통에 대해 날카롭게 시를 쓰는 시인들의 시에 매료되었다. '일찌기 나는 아무것도 아니었'고, '아무도 나를 키워주지 않았'으며, '내가 살아있는 것'은 '영원한 루머에 지나지 않는다'는 시인의 고백이 내 마음에 닿았다. 그렇게 혼자서 '곰팡이'처럼 '오줌자국'처럼, '천년 전에 죽은 시체'처럼 '아무데서나 하염없이 죽어가는 존재'라고 할 때의 내적인 공허감과 그 공허로 인한 고통이, 나 혼자만 겪는 것이 아니라는 것에 위안을 얻었다.

소설이나 영화를 고를 때에도 병 든 자아를 가진 인물의 파국으로 치닫는 이야기를 좋아했는데, 예를 들어, 소설『피아노 치는 여자』가 원작으로 병적인 강박과 자해, 관계 내에 사랑과 폭력이 공존하는 프랑스 영화「피아니스트」, 공허한 내면을 가진 인물들이 나오는『나는 나를 파괴할 권리가 있다』도 좋아했고,「양들의 침묵」과 같은 인간의 추악한 내면을 들여다볼 수 있는 연쇄살인범의 이야기도 좋아했다.

이야기에 대한 이런 취향은 직접적으로 내 공감력을 높이는 데에는 별로 도움이 되진 않았다. 그러나 내가 경험하고 있는 고통을 다른 이들에게도 전달할 수 있는 글로 솔직하게 표현하려고 시도한 데에는 긍정적인 영향을 미쳤다. 글로 쓰고 나면, 글을 쓰기 전보다는 마음속에 무겁게 매달려 있던 추가 조금은 가볍게 느껴졌다.

내가 처음 쓴 시는, 「나비」였다. 한 번도 가본 적도 없는 프랑스 역이름 중 가장 낯선 이름, 퐁마리 역을 골라서 그 역에서 구걸하는 보스니아 여자아이 이야기를 썼다. 보스니아 내전 중에 부모와 눈을 잃은 아이는 프랑스로 어렵게 피난 왔지만, 아무도 이 아이를 돌봐주지 못했다. 그 아이는 아름다운 춤으로 구걸하며 살다가 어느 날 사라졌다. 추위와 배고픔으로 죽은 소식을 듣고, 나(시적 화자)는 그 아이가 나비가 되어 날아간 것이라고 표현한다.

나비

퐁 마리(Pont Marie) 역에 가면 널 만날 수 있었다.
열 다섯의 안젤리끄,
알아요?
여기서 멀지 않은 사라예보에서는

사람들이 서로를 죽이다 못해 어린아이들까지 죽였어요.

천구백구십오년 일월. 너는 누더기 사이로, 앙상하게 드러난 뼈 속에

스며드는 추위를 피하지 못하는 한

작은 아이였다. 보지 못하는,

창밖 세상의 것보다 하얀 눈을 가진 넌

사람들을 위해 눈을 감고 살다 울지 못하고, 그리워하지 못하고, 뛰지 못해서

넘어진다. 두꺼비 같은 내 손을 뿌리치며,

만지지 말아요.

난 저주받은 사람,

죽은 자궁을 뚫고 태어났죠.

슬픈 노랫소리가 창에 눈송이처럼 아롱거리며 맺혔다.

내 날개는 빛으로 만들어진 옷,

초라한 몸을 가려줘요.

사람들은 늙은 루마니아 집시의 노래 앞에 동전을 던지고, 이마를 찌푸리다가, 단단히 옷깃을 여미며 지나가고

내 눈은 공기 중에 떠돌고 있을 너를, 떠도는 너를, 너를 쫓고 있다.

먼 옛날 같은 9년 전. 네가 어느 손을 잡고 나비가 되어 날아간 뒤, 퐁 마리 역엔

버터플라이(Butterfly)를 부르는

지루하게 슬픈 목소리만 가득 찬다.

나는 이 시를 작은 공모전에 내고 받은 20만 원으로, 프로이트 전집과 임상심리학 전공 서적을 샀다. 누군가가 내 글을 읽고 나와 같은 감정을 느낄 수 있다는 게 놀랍고, 기뻤다.

어느 순간부터인지는 기억나지 않지만, 불안발작이 나를 덮쳐와 괴로울 때, 나도 모르게 기도인지 모를 중얼거림을 자주 했다.

"제가 제 고통뿐 아니라, 다른 이들의 고통 또한 알게 해주세요. 눈물 흘릴 수 있게 해주세요."

다른 이들의 고통을 알 수 있다면, 그래서 울 수 있다면, 내 고통에서 벗어날 수 있을 것 같았다.

공감을 위한 의식적인 노력을 하다 보니, 수년이 지난 후 영화나 소설을 볼 때도 섬세하게 감정을 이해할 수 있는, 변화의 시점이 왔다. 자신의 팔을 손톱으로 찍어누르며 이별을 말하는 「화양연화」 속 장만옥의 모습이 슬펐고, 「러브레터」 마지막 장면이 왜 감동적인지 알게 됐고, 사랑이 시작할 때 영화가 끝나는 「사월 이야기」를 흥미롭게 보았다. 「조제, 호랑이 그리고 물고기들」 마지막 장면에서 남자 주인공이었던 츠마부키 사토시가 걷다가 길 위에 주저앉아 울음을 폭발하는 장면에서 나도 같이 울었다.

겉으로는 아무 일이 일어나지 않는 것으로 보이는 잔잔한 이야기에도 반응할 수 있었고, 눈물 흘리는 영화 속 인물에 반응해 울게 되면서부터는 잔인한 장면이 나오는 영화는 자동으로 보지 못하게 됐다. 칼에 찔리는 장면이라도 보면, 자꾸 내가 칼에 찔리는 것 같아서 볼 수가 없었다.

타인의 감정을 인지적으로 이해하는 것, 그리고 느낄 수 있다는 건 엄청난 일이다. 내가 그들의 고통에 공감하며 눈물을 흘린다고 해서 사실 세상에는 그 어떤 영향도 미치지 않았겠지만 내가 만나는 세계가 달라진 것 같았고, 무엇보다 내 안이 풍요로워진 느낌이었다. 다양한 색채를 품은 사람이 된 것 같았다. 놀라운 건 많이 울게 되면서 더 많이 웃을 수 있게 되었다는 점이다.

그러나 참 아이러니하게도 공감을 잘 할 수 있다고 해서 이전에 날 괴롭히던 불안발작이 사라진 건 아니었다. 나는 여전히 일순간 사라져 흩어져버릴 것 같은 내적인 분열과 고통, 허무감을 경험하곤 했다. 약을 먹어도 잠시 진정할 뿐, 아예 사라지진 않았다. 그 고통은 나에겐 너무나 확실한 유령이고, 난 그저 그 유령을 다스리면서 사는 수밖에 없다. 그 유령을 잊고 살 때도 많다. 그러나 내가 누군가를 미워하거나 나 자신을 혐오할 때, 그렇게 내가 어둠에 물들어갈 때면 그 유령은 어느새 내 곁에서 몸을 일으켜 세워, 순식간에 나를 집어삼킨다.

새벽에도, 낮에도, 밤에도 언제 그럴지 모른다. 공포에 질려 비명과 함께 뺨을 때리곤 하는데, 나를 저지하기가 쉽지 않을 때도 있다. (흥미롭게도 오로지 왼손만 내 뺨을 때린다. 마치 왼손은 내 통제 권한 밖에 있는, 다른 생물체 같다.) 그럴 때 밖으로 나가

뛰거나 팔굽혀펴기해서 숨을 가쁘게, 몸을 힘들게 해서 관심을 몸의 감각으로 돌리면, 조금 나아진다는 것을 알게 되었다. 발작으로 넘어가기 직전의 신호를 파악하고 그 흐름에서 벗어나기 위해 생각을 분산시키고, 그걸로 되지 않으면 몸의 감각을 빠르게 일깨우는 운동을 하는 것이 효과적이다.

잘 알고 있다. 이미 많은 사람이, 내가 헤아릴 수도 없을 정도의 많은 사람이 자신만의 유령을 달래면서 산다는 것을. 그래서 우리는 매일, 또 한 번 아침을 맞이하면서 승리자가 된다. 파괴되지 않고 살아남은 사람이 승리자다. 그래서 나는 오늘도 승리하는 중이다.

시간의 비가역성

시간이 날 통과해 사라질 때가 있다. 정신을 차렸을 땐 이미 나는 아까와는 결이 다른 시간대에 살고 있다. 분명 낮에 이 책을 본 것 같은데, 책을 덮고 고개를 드니, 유리창 너머에서 푸르게 다가온 어둠 사이로 아이들이 책가방을 메고 지나가고 있다.

개와 늑대의 시간이라고 불리는 짙푸른 저녁. 바깥에 있던 사람들은 금세 다가오는 어둠을 피해 불빛과 온기가 있는 공간으로 빠르게 발걸음을 옮긴다. 내가 어둠이 오는 줄 몰랐던 건 이미 낮부터 환하고 따뜻한 이곳에 있어서였겠지. 어둠도 들어오지 못하는 환한 곳에 머물 때는 밤이 오는 것에 민감할 필요가 없다. 나는 일부러 바깥으로 나가 하늘을 올려다보며 세상을 온몸으로 덮으며 다가오는 밤을 마중한다. 얼굴에 제일 먼저 닿은 오늘 밤은 참 맑고 파란 추위다.

8년 전 브랜드 디자인 회사에서 일할 때였다. 어느 봄날 오후, 용산 아이파크몰에서 고객사와 미팅이 있어 고객사 담당자, 내가 모시는 상사와 함께 식사와 차를 마시며 업무에 관련된 이야기를 나눴다. 상사와 고객사 담당자는 내가 회사에 들어오기 전부터 언니, 동생 하며 사적으로도 친한 사이여서 전혀 업무와 상관없는 이야기도 주고받고 있었다. 나를 뒤로 하고 둘은 열심히 이야기하고 있는데, 나는 함께 이야기를 나누지도 못하고, 그렇다고 둘의 이야기를 듣지 않을 수 없었다. 그렇게 묘한 불편함을 견디고 있는데, 갑자기 숨을 제대로 쉴 수 없다는 걸 느꼈다. 목덜미와 등, 가슴이 심하게 뻐근하고 아무리 깊게 호흡을 하려고 해도 안 된다는 걸 느꼈다. 칼로 베는 듯한 통증으로 식은땀을 흘리며 그 시간을 견뎠다. 견디다 보니, 조금은 나아지는 것 같기도 했다. 회사로 복귀하는 택시 안에서 상사에게 병원에 잠시 들렀다 가겠다고 양해를 구하고 병원 앞에서 먼저 내렸다.

병원에서는 기흉이라고, 어서 대학병원의 응급실로 가야한다고 했다. 기흉이요? 네, 폐에 구멍이 난 거예요. 폐는 풍선이랑 비슷해요. 숨을 들이쉬면 커졌다가 숨을 내쉬면 줄어들죠. 그런데 그 풍선에 구멍이 났다면, 어떻겠어요? 구멍으로 바람이 새어버려서 풍선이 단숨에 쪼그라들겠죠. 폐가 그렇게 되면, 죽는 거예요. 그렇게 되기 전에 빨리 근처 응급실에 가세요.

나는 내 폐를 찍은 엑스레이 사진을 들고나와 회사로 가서 대학병원에 가야 한다고 말했다. 아마도 수술하게 될 거라고. 차분하게 말하는 나를 보고 상사는 긴가민가하는 눈치였다. 나는 엑스레이 사진도 받았다고 하며 보여줬다. 그리고 혹시 몰라 무리하지 않기 위해 택시를 타고 집으로 갔다. 회사 근처에 대학병원이 있었지만, 어차피 수술하게 될 거라면 구로의 대학병원으로 가면 교우 할인을 받을 수 있을 거란 생각이 들어, 집에 가는 택시 안에서 다음 날 진료를 예약했다.

입원 수속을 밟으면서도 난 차분함을 잃지 않았다. 간호사는 병원 근처 카페에 가 있으면 연락을 주겠다고 했지만, 딱히 갈만한 곳도 없어서 나는 짐가방을 옆에 끼고 병원 로비에서 어머니와 함께 TV를 보고 있었다. 내가 입원한 흉부외과 입원실은 6인실이었던 걸로 기억한다. 완공한 지 얼마 되지 않은 건물에 운 좋게 입원실을 얻게 되었다.

입원해서 옷을 갈아입고 제일 먼저 한 일은 흉관 삽입이었다. 다음 날 수술 예정이었기 때문에 나는 금식과 함께 물도 마시지 못하고 진통제 없이 내 갈비뼈 사이에 꽂은 관을 느껴야 했다. 숨쉬기는 이전보다 훨씬 더 힘들었고, 숨 쉴 때마다 내 갈비뼈와 폐에 꽂힌 관의 느낌이 너무나 선명한 통증으로, 파도처럼 밀려들었다가 나갔다가 했다. 통증에 흐름이 있다고 느꼈을 뿐, 아프지 않은 순간이 없었다. (나중에 이 흉관 삽입이 굳이 수술 전에 하지 않아도 되는 처치였다는 걸 알게 되고, 분노했다! 무심한 흉부외과 레지던트 의사 한 명 때문에 나는 경험하지도 않아도 될 통증을 견뎌야 했다.)

다음 날 오후 2시가 되어서야 내 수술 차례가 왔다. 나는 갈증과 통증으로 거의 미쳐버리기 일보 직전이었다.

수술실로 들어가 차가운 수술대에 누워 수술 집도의를 기다리면서 날 담당하는 흉부외과 레지던트 의사와 간호사들이 점심으로 무엇을 먹을까 고민하는 소리를 들었다. 마치 내가 존재하지도 않는 것처럼. 서로 무슨 우스갯소리를 한 것 같기도 한데, 잘 기억나진 않는다. 등 뒤로 서늘함이 전해져오는 수술대 위에 누워 있어서 그런지, 이들의 태도도 서늘하게 느껴졌다. 조금 있다가 마취로 내가 정신을 놓으면, 이 사람들은 아무렇지도 않게 나를 홀딱 벗겨서는 내 내장까지 이리저리 훑어보겠지. 나는 내 몸이 어떻게 되는지도 전혀 모르면서 이 사람들에게 폐에 구멍 난 몸뚱이로서만 인식될 거란 생각이 들었다.

엄청난 통증으로 정신이 들었다. 내 가슴이 불로 난도질 된 느낌이 들어, 나도 모르게 쉰 소리가 새어 나왔다. 갑자기 누군가가 소리를 지르고 간호사의 다급한 목소리가 멀리서 들려왔다.

"환자분, 가만히 누워 계세요. 여긴 병원이에요!"

그러더니, 간호사들이 우르르 어느 환자를 향해 뛰어가는 것 같았다. 나는 빠르게 날 지나치려는 간호사의 팔목을 붙잡았다.

"저도 너무 아파요. 토할 것 같아요."

간호사가 거즈를 내 얼굴 가까이에 대주었다. 나는 몸이 통증을 못 견디는지 헛구역질만 해댔다. 그리고 잠시 정신을 잃었는지 침대를 열차 삼아 엑스레이실로 실려 가고 있었다. 아파서 자꾸 몸을 웅크리게 되는데, 엑스레이 기사는 잠시만 몸을 바른 자세로 펴고 있으라고 했다. 엑스레이를 찍고 CT를 찍어 수술 결과를 확인하고 입원실 내 자리로, 다시 침대 열차를 타고 올라갔다. 통증으로 인해 침대 열차가 편하다는 생각은 전혀 들지 않았다.

입원실에 도착해서 간호사가 링거에 꽂아준 진통제로 점차 통증을 잊을 수 있었다. 저녁에는 물을 먹을 수 있었고, 다음 날 아침엔 죽을 먹을 수 있었다. 다음 날 아침부턴 진통제를 먹는 걸로 처방받았는데, 간호사가 약과 함께 건네준 설명서를 보니 마약성 진통제였다. 수술 후에도 갈비뼈와 폐에 관을 꽂은 채 견뎌야 하기 때문에 이 정도의 약은 먹어야 버틸 수 있었다.

밥을 먹고 몸을 움직이게 되면서 빠르게 회복되었다. 그러나 밤을 지나 새벽이 올 때마다 약 기운이 떨어지는지 갈비뼈에 꽂아둔 흉관으로 인해 날카로운 통증이 밀려왔다. 병원에서 맞이한 새벽 또한 수술대처럼 서늘한 느낌이었는데, 나는 그 새벽에 일어나 매일 반복적으로 해야 하는 일이 있었다. 간호사실 앞에 있는 체중계에서 몸무게와 키를 재고, 통증으로 인해 백만 광년이나 떨어져 있는 것 같은 엑스레이실에 가서 흉부 엑스레이를 찍어야 했다. 내 자리로 돌아와 잠깐 눈을 붙이고 일어나면 병원에서의 아침이 시작되었다. 아침이 오고 밥이 오면 나는 그제야 식사 후 진통제를 먹고 통증에서 벗어날 수 있다.

입원 기간은 약 2주, 퇴원한 뒤 수술 부위가 악화되어서 일주일간 집에 가만히 누워 생활해야 했다. 다시 회사에 출근하면서 통근 버스에서 사람들이 다가올 때마다 수술 부위를 건드릴 것 같아 겁에 질렸지만, 다행히 스스로를 잘 보호했다.

돌이켜보면, 참 좋은 시간이었다.

이전까지는 숨을 못 쉬고 죽으면 어떻게 하지, 하는 두려움으로 오히려 버스나 지하철 안에서 숨을 못 쉬는 불안(공황)발작이 있었다면, 오히려 진짜 숨을 못 쉬게 폐가 고장 난 일을 잘 해결하고 보니, 더 이상 두렵지 않았다. 숨을 못 쉬고 쓰러지면 사람들이 나를 외면해서 결국 난 죽고 말 거라는 파국적인 우려도 하지 않게 되었다. 나는 내 걱정과는 다르게 숨을 못 쉬게 되더라도 침착하게 대처를 잘했고, 그 경험으로 나에 대한 믿음이 생겼다.

우리가 불안해하는 이유. 그건 미래에 닥칠지 모르는 재난을 통제하고 싶기 때문일 것이다. 가능한 한 나의 미래를 통제하고 싶어 하는 바람이 불안이라는 기제를 통해 온다. 불안에는 가상의 일을 머릿속에서 시뮬레이션하면서 안 좋은 일을 사전에 막는다는 기능적인 면이 분명히 있지만, 과도한 통제에 대한 욕망은 오히려 불안의 '악순환'을 만든다. 불안으로 인해 불안을 유발하는 일이 발생하기도 하는 것이다.

그러나 우리는 생각보다 우리가 끔찍하게 여기는 그 순간이 막상 현실로 다가왔을 때, 생각보다 잘 대처할 때가 많다. 왜냐하면, 불안에 빠져 있을 때는 불행한 사건이 주는 영향에만 초점을 맞춰서 미래의 사건이 주는 영향력에 대해 과대 지각하기 때문이다. 막상 현실에서 그 일이 일어나면 우리는 해결에 집중하느라 사건이 주는 영향력에 머무를 수 없다. 그리고 과거에 날 불안하게 했던 사건을 경험하고, 그 사건의 영향력이 내가 우려했던 것보다는 적다는 것을 알게 된다. 인간은 '사건 – 결과'와 같은 단순한 상황에 꼭두각시 인형처럼 놓이지 않는다. 불안 유발 사건과 동시에 많은 사건이 일어나기 때문이다. 체험의 영역으로 들어가면, 우린 많은 자극 가운데에 놓인다. 예를 들어, 입원 대기를 하며 머물렀던 병원 로비에서 봤던 드라마가 나에게 준 느낌, 수술 전날 밤 통증 때문에 잠을 설치는 나에게 어머니가 건네준 물수건으로 입술을 적셨을 때의 시원함. 그리고 수술 끝나고 다음 날 죽을 먹으면서부터 경험한, 생각보다 대단한 회복에 대한 내 의지와 실천. 날 찾아와 격려해주며 건넨 사람들의 따뜻함이 아직도 내 안에 머물고 있다.

어떤 불쾌하고 끔찍한 사건을 우리가 과거에 경험했다고 해서 미래에도 생길지 모른다고 여기면서 불안해하지 말아야 하는 이유가 여기에 있다. 우린 매일 똑같은 삶을 살지 않는다. 지금 나는 그때의 내가 아니고, 이미 그 시간은 흘러가 버려 똑같이 반복할 수 없기 때문이다. 우울과 불안은 이미 흘러간 시간을 매번 붙잡는 착각으로 사는 셈이다. 과거의 시간에 우린 머물 수도 없고, 미래를 통제할 수 없다. 그 점을 과감하게 인정하고 현재, 지금 이 순간에 집중하는 것이 정신 건강을 유지하는 길이다. 그러나 참 인간적이게도, 그걸 알면서도 아직 나는 가끔 헤매곤 한다. 우린 모두 과정 중에 있는 셈이니깐.

죽음을 경유하는 곳

"할머니는 죽는 게 두렵지 않으셨어요?"

홍부외과에 입원했을 때 같은 병실 동기인 할머니에게 물었다. 할머니는 일 년 전에 '(할머니의 표현에 따르면)심장이 먹먹해져서' 응급실에 실려 와 막힌 심장 동맥을 넓히는 스탠스 수술을 받았다. 수술 시간만 자그마치 10시간이 넘었다고 했다. 혈압도 있고 당뇨도 있어서 수술 경과가 그렇게 좋지 않을 거라는 집도의의 말에 가족들도 마음의 준비를 하고 할머니의 수술 시간을 견뎠다고, 나에게 말했다. 그리고 최근에 갑자기 가슴 부근에 통증을 느끼고 입원하신 거였다.

"수술이 잘못될 수도 있었던 거예요? 안 힘드셨어요?"

"나는 수술대에 누워있었는데, 내가 뭘 힘들어. 수술한 의사 선생님이 힘들지."

"그래도 병원에 빨리 오셔서 수술받으셔서 다행이네요."

"맞아. 내 친구 중엔 그냥 참다가 밤새 안녕했지. 나도 그랬으면……. 지금도 딸이 하도 병원 가보자 해서 왔다가 입원한 거야."

할머니의 옷을 살짝 내려, 가슴에 그어진 수술 자국의 일부를 보여주기도 했다.

"수술하다가 그대로 죽었을 수도 있지."

"무섭지 않으세요? 죽는 거?"

"뭐가 무서워. 죽을 때 되면 죽는 거지. 죽는 건 겁 안 나는데, 우리 손녀가 걱정이지."

나중에 할머니가 사랑하는 손녀를 만날 수 있었다. 할머니는 손녀가 얼마나 사랑스러운지 본인 식사까지 손녀한테 주시고 과일도 깎아주셨는데, 내가 보기엔 할머니 밥까지 먹는 식탐 많은 어린아이로밖에 보이지 않았다. 핏줄 간의 사랑이라는 게 참 묘하다는 것을 깨달았다. 할머니의 무한한 사랑을 당연한 듯 받고 있는 아이를 보며, 하마터면 질투할 뻔했다.

입원하면서 즐거웠던 점들 중 하나는 입원실에서 만나는 사람들과 연령에 상관없이 친구가 되어 속 깊은 이야기를 나눌 수 있었다는 것이다. 침대에 누워서, 혹은 밥을 먹으면서 서로 어디가 아파서 입원하게 되었는지 이야기하다 보면, 어느새 상대를 위해 깊이 위로하고 있었다. 입원실에선 일상의 경험과 다른 경험을 하게 된다. 어떤 환자가 의식이 없는 상태로 입원해 안녕을 기약할 수 없어 보이다가도, 어느 시점에 그 환자가 극적으로 회복하는 과정을 지켜보기도 한다. "아버지, 안 돼요!"라며, 울부짖는 여성의 소리를 들은 적도 있다. 병실에 있으면, 좌절과 기적이 오가는 것을 목격하게 된다. 죽음과 삶이 이렇게 얇은 종이 한 장을 맞대고 있는 것일까?

어쩌다 보니, 기흉 수술 이후로 두 번의 수술을 더 치르게 되었다(안타깝게도 이 글을 쓴 이후에도 기흉의 잦은 재발로 재수술을 받아야 했다). 그중 가장 최근인 발목 인대 재건 수술은 8월 한여름에 했다. 그때도 정형외과라 그런지, 할머니들과 함께 있었다. 4인실이었는데, 나 외엔 세 분이 할머니여서 나는 움직여도 되는 시점부터 다리에 깁스하고 심부름을 많이 했다.

할머니 한 분과 이야기를 많이 나눴는데, 그 할머니는 고

관절을 치료 중이었고, 병원에서 나오는 밥이 참 맛있다고 했다. 내가 입맛이 없어서 매번 조금씩 남기는 밥을, 할머니는 연신 맛있다고 말하면서 깨끗이 그릇을 비우셨다. 할머니는 항상 웃고 계셨다.

"큰딸이 낳은 제일 큰손주가 있었는데, 그 아이가 5학년 때 병으로 죽었어. 아프기 전까지는 매년 명절에 와서 '할머니, 할머니' 하면서 나한테 달려와서 안겼는데……. 가장 먼저 만난 손주라 정이 많이 갔지. 큰애가 그렇게 되고 딸이 아주 많이 힘들어했지. 그래도 어떻게 해. 어린아이가 또 있으니깐 엄마가 정신을 빨리 차려야지. 근데 나도 그 아이를 이제 못본다고 생각하니깐 마음이 서운하더라고."

무슨 이야기를 하다가 할머니에게서 그 이야기를 듣게 되었는지는 기억나지 않는다. 아마도 자식, 손주 이야기하다가 얘기가 나온 거겠지. 할머니가 잠시 뜸을 들이다가 나에게 몸을 돌려 이야기를 꺼낸 건 기억이 난다. '서운하다'라는 표현이 이렇게 묵직하게 다가올 줄 몰랐다. 아이의 죽음 앞에서 느꼈을 할머니의 고통을 서운하다고 표현하실 줄이야. 일상에서 나는 내 감정을 표현하는 데에 쓸데없이 의미 부여를 한 것 같았다.

"서운하다… 할머니, 많이 서운하셨겠어요."

"응. 너무너무 서운했어."

할머니는, 흐르는 눈물 때문에 수건으로 얼굴을 마구 비볐다.

"근데 무슨 이유인지 모르겠지만, 그때 이후로 딸을 자주 못 봐."

할머니에게는 찾아오는 사람이 많았다. 매일 아들 내외와 손주들도 자주 들렀다 갔다. 그러나 내가 한 달간 입원하면서 할머니의 큰딸은 끝내 보지 못했다. 할머니가 딸을 보고 싶어 하시는 것 같은데, 안타까웠다.

병원이라는 공간, 특히 개인적으로는 흉부외과 입원실과 같은 공간에서 우리는 수술을 받고 잠시 생사의 기로를 헤매기도 하다가 운 좋은 사람들은 다시 삶으로 돌아오기도 했다. 내가 입원한 병실은 아니었지만, 옆 병실에서는 수술 후 다시 그 입원실로 돌아오지 못한 사람도 있었다. 병원은 살기 위해 오는 상당수의 사람들과 죽은 후에 오는 사람들, 살리기 위해 오는 사람들과 죽은 자를 보내는 사람들이 오가는 곳이다. 긴 복도를 함께 걸어가는데, 어떤 이들은 삶으로 통하는 방으로, 다른 이들은 죽음으로 통하는 방으로 안내된다. 살아있는 사람들이 병원을 유지하는 것 같지만, 최근엔 집에서 병원으로 죽음을 몰아냈기 때문에 죽은 사람들이 병원을 지탱하고 있다.

우리는 모두 친구가 될 수 있다.

등 뒤로는 오래전 시간들이 사라져가고 발밑으로는 짧은 과거들이 사라져가면서 그래도 매일 한 발은 현재, 다른 한 발은 미래라는 불완전한 땅을 밟으며 나아가고 있다. 각자 자신의 삶을 살아내는 몫을 감당하고 있으며, 걸어온 시간에 비해 앞으로 걸어갈 시간에 대해 무지한 건 나이에 상관없이 마찬가지니, 서로의 무지를 따뜻하게 바라봐 줄 수 있다면, 우리는 친구가 될 수 있다. 모두 자신만의 몫을 감당하면 그만이다.

병원이라는 공간에서만 그런 게 아니라, 우리는 일상에서도 매일 사라져가는 것들에 대한 목격자다. 각자의 시간이 다를 뿐, 단 하나도 영원한 건 없다. 우리보다 먼저 사라지는 것들을 지켜보고, 사라지는 것들에 대해 한참 이야기하다가 사라지는 걸 반복한다. 어쩌면, 우리는 우리 뒤에 남아 삶을 증언해 줄 목격자를 만나기 위해 발버둥을 치고 있는 건 아닐까?

괜찮다 말한다고 괜찮은 게 아녔어

이 글로 대체 무엇을 할 수 있을까? 쌀이 나오는 것도 아니고, 그렇다고 위로가 되는 글도 아니다. 글을 쓰기 시작하면, 쓰기 전 했던 생각대로 나오는 법이 없다. 대부분 손이 제멋대로 쓴 글이다. 하얀 백지 위에 깜빡이는 커서를 보며 생각한다. 이 글로 대체 무엇을 이룰 수 있을까? 글을 쓰기 전 매번 하는 고민이다.

유치원에서 뺨을 맞고 돌아온 날, 어린 나는 어머니에게 있는 그대로 이야기를 전했다. 그 유치원은 동네 교회의 목사님 부부 내외가 운영하는 것으로 월요일부터 금요일까지는 사모님이 유치원을 운영하고, 주일에는 목사님이 교회로 예배를 진행했다. 내가 월요일 유치원에서 선생님(동시에 사모님)에게 맞은 이유는 하나였다. 어제 교회에 왜 나오지 않았냐는 선생님 물음에 '어제는 엄마가 다니는 교회에 갔다'고 말했기 때문이다. 거짓말하지 말라며, 내 대답이 끝나자마자 뺨을 갈겼다. 나는 거짓말을 하지 않았고 맞을 줄은 전혀 몰랐기 때문에 충격을 좀 받았던 것 같다. 그래서 멍한 상태로 유치원을 벗어나려다가 발을 헛디뎌 2층 계단에서 굴러떨어지고 말았다. 선생님과 아이들이 놀라서 나에게 다가와서 괜찮냐고 물었던 게 기억난다. 지금 생각하면 위험한 순간이었지만, 그때는 선생님이 더 무서워서 "괜찮아요!"라고 답하며 벌떡 일어서서는 도망치듯 집으로 뛰어갔다.

어머니도 내 말을 믿지 않았다. 목사 사모님이 그럴 리가 없다고, 어린애가 상상으로 하는 거짓말로 여겼다. 내가 선생님에게 거짓말을 하지 않았다는 걸 아는 엄마가 내가 뺨을 맞았다고 거짓말한다고 했다. 억울하거나 슬프지는 않았다. 그저 더 이상 말하지 말아야겠다고, 마음을 먹었던 게 기억난다. 아무도 나를 믿지 않았다. 며칠 후 나는 어머니에게 내가 또래 애들보다 얼마나 뛰어난지 이야기하며, 더 이상 유치원에서는 배울 게 없어 학교에 입학하기 전까지 다니고 싶지 않다고 했다. 생활고에 시달리던 어머니는 잠시 고민하다가 그러라고 했다.

후에 그때의 어머니를 이해하게 된 건 내 엄마가 아니라, 한 인간으로서 생각하게 되면서부터였다. 당시의 어머니가 삶을 유지하기 위해 유일하게 붙들었던 건 신앙이었다. 교회에 다니는 일개 성도도 아닌, 성직자인 목사님의 아내가 거짓말을 하지도 않은 내 아이를 때렸다는 걸 받아들이는 것보다 내 아이가 거짓말을 했다고 그 사건을 넘겨버리는 게 훨씬 받아들이기 쉬웠을 것이다. 살기 위한 유일한 동아줄처럼 간절하게 붙들고 있는 종교적 신념이 흔들릴 수도 있는 것보다 내 아이가 거짓말을 했다고 여기는 편이 더 낫다. 간절함은 그런 것이다. 이것과 저것을 다양하게 살펴보지 못하게 한다.

나는 유치원을 그만두고 교회도 어머니의 교회로 다니게 됐지만, 그 유치원과 목사님 부부 내외의 영향권에서 완전히 벗어난 건 아니었다. 목사님의 여동생이 하는 피아노 학원은 초등학교 가서도 계속 다녔는데, 학원이라고 하기에도 무색하게 집 안에 피아노 세 대를 놓고 피아노와 약간의 속셈을 배우는 곳이었다. 피아노 선생님은 학생들의 뺨을 때리지는 않았지만, 나와 동갑인 자신의 아들만큼은 무섭게 팼다. 그리고 이런 일이 반복됐다. 학생들이 피아노를 배우고 있으면, 피아노 선생님의 남편이 야간 택시 운행을 끝내고 들어와서는 술에 취해 선생님을 패기 시작했다. 어린 우리는 어느 순간 그 상황에 익숙해져, 선생님 남편분이 목소리를 높이면서 오면, 자연스레 그곳을 벗어나 바깥에서 헤매다 누가 "이제 선생님이 다시 들어오래!"라고 하면, 다시 그곳에 들어가곤 했다. 우리에겐 잠시 얻게 되는 휴식 시간이었다. 그리고 다시 들어가면, 선생님의 얼굴은 여기저기 피맺힌 상처가 있었고, 우리를 평소보다 더 호되게 야단쳤다. 우리는 선생님의 상처를 못 본 척해야 했다.

그날도 선생님 남편이 술 먹고 선생님을 때리기 시작해서 친구들과 나는 잠시 그 집을 벗어났다. 초등학교 2학년이었던 나는 아이들과 노는 게 좋았다. 함께 놀던 아이들 중 한 명이 나머지에게 용기 게임을 하자고 했다. 용기 게임? 뭔데? 그 친구는 도로 중앙선을 밟으며 걷자고 제안했다. 나와 다른 아이는 무섭지만, 재밌을 것 같았다. 게임을 제안했던 친구가 무단 횡단을 해서 도로 중앙선을 요염하게 몇 걸음 걷다가 우리에게 손짓했다. 내 옆에 있던 친구가 그 친구를 따라 했고, 마지막으로 내가 갔다. 양쪽에 다니는 차들 사이로 길게 나 있는 중앙선을 한 발 한 발 걸으려니깐 가슴이 두근거렸고, 신나면서도 무서웠다. 맨 처음 용감하게 도로로 뛰어들었던 친구부터 다시 무단횡단을 해서 인도로 갔다. 순서에 맞게 다음 친구도 인도로 안착했는데, 내가 뒤따라가려고 보니, 엄청 커다란 버스 두 대가 맹렬하게 달려오고 있어 놀라서 뒷걸음질 쳤다. 그러다가 버스 반대 차선에서 오던 택시에 부딪히고 말았다. 아주 잠깐 정신이 블랙아웃되었는데, 정신을 차려보니 근처 상점에서 어른들이 튀어나와서 나에게 괜찮냐고 물어보고 있었다. 택시 운전사 아저씨는 택시에 이상이 없는지 살펴보고 있었다. 나를 둘러싼 어른들에게 괜찮다고 하며 일어났다. 그런데 피아노 선생님이 언제 오셨는지 건너편에서 날 부르고 있는 것이었다. 선생님이 남편에게 맞고 난 다음에 잘못 걸리면 내가 호되게 맞을 수 있기 때문에 나는 도망가기 위해 사람들의 손길을 뿌리치고 내달렸다. 그리고 얼마 못 뛰고 길 위에 쓰러졌다.

병원에는 피아노 학원 선생님과 택시 운전사 아저씨가 있었고, 뒤늦게 소식을 듣고 온 어머니도 있었다. 엑스레이를 찍어봤는데 별 이상은 보이지 않아 바로 퇴원할 수 있었다. 선생님은 어머니에게 아이들이 장난치다가 벌어진 일이지만 택시 운전사 아저씨가 문제 삼지 않겠다고 했으니, 여기서 마무리하는 게 좋겠다고 했다. 어머니는 선생님과 택시 운전사 아저씨에게 연신 감사하다고 했다. 택시 운전사 아저씨는 우리 집 근처까지 차로 데려다줬다.

택시에서 내려, 나는 혼자 걸을 수 있으면서도 엄마에게 발이 아파서 잘 못 걷겠다고 했다. 엄마는 그런 나를 집에까지 업어주었다. 오랜만에 어머니의 등에 업힌 게 좋았다. 집에 도착하자 어머니는 물을 데워서 내 발을 씻겨주었다. 먹고 싶은 거 없냐고 해서 "아이스크림이 먹고 싶다"고 했다. 엄마는 금세 아이스크림을 사 와서 나에게 내밀었다. 다치는 게 나쁜 것만은 아니구나 싶었다. 나는 엄마가 사다 준 아이스크림을 먹고 기분 좋은 상태로 깜박 잠이 들었다, 저녁 먹을 때쯤 깼다.

스무 살이 넘어서 어머니에게 물었다. 어릴 적 유치원 선생님이 거짓말하지도 않은 나를 거짓말했다고 몰아세우면서 뺨을 때렸는데, 왜 엄마는 그런 내 말을 믿어주지 않았느냐고. 난 그 선생님에게도 엄마에게도 진실을 말했는데, 너무 쉽게 어린 나를 믿어주지 않았다고 차갑게 말했다. 어머니는 "누가 목사 사모님이 그럴 줄 알았냐"라고 하며 무심하게 넘어가려고 했다. 어머니에 대한 원망으로, 이후로도 몇 번 더 이 이야기를 꺼냈고 둘 사이엔 지리멸렬한 대화가 이어졌다.

그러던 어느 날, 어머니가 "그때는 엄마가 잘못했어. 정말 미안했어, 딸"이라고 말하면서 나에게 진심으로 미안함을 표현했다. 그 이야기를 듣는 순간, 내 가슴에 맺힌 아주 단단한 것이 부드럽게 풀어져 내리는 걸 느꼈다. 어머니를 원망하는 마음이 조금씩 사라지기 시작했다.

"나를 믿어주지 않은 게 제일 괴로웠어."

엄마는 다시 한번 나에게 미안하다고 말하면서 엄마의 따뜻한 두 손으로 내 손을 감싸 잡았다.

내가 이제, 나를 낳고 키웠던 엄마의 나이가 되어보니, 어릴 때는 커 보였던 엄마가 사실은 얼마나 연약하고 불완전한 존재였는지 알게 되었다. 지금 내가 이렇게 미숙한데, 어머니라고 다르진 않을 거라는 생각에 어머니가 나에게 했던 실수들도 이해할 수 있었다. 이제는 유명해진 표현처럼, '엄마도 엄마가 처음이기 때문'이었다.

삶에 있어서 노련한 전문가가 있을까? 우리는 매번 처음 사는 시간을, 처음 경험하는 사건에서 어쩔 수 없이 가끔 실수할 수도, 잘못된 선택을 할 수도 있다. 다만 손을 맞잡고 미안하다고 말할 수만 있다면 괜찮다고 생각한다.

엄마, 나도 오랫동안 엄마를 이해하지 못하고 미워해서 엄마를 힘들게 했어. 미안해.

손상의 경험이 주는 영향

"제가 세상에 필요 없는 존재라는 느낌을 받았습니다."

"제 손에 항상 더러운 게 묻어있다는 느낌이었어요. 처음엔 손만 잘 씻으면 되겠다고 생각했는데, 그 더럽다는 느낌이 손에서 팔로, 발, 얼굴에까지 이어지더니, 제 내장부터 더럽다는 느낌이 들더군요. 씻어도 해결되지 않았어요."

"약하다는 건 나쁜 거라고 생각해요. 나쁘니깐 처벌받아야 한다고 생각하고요. 그래야 제가 경험한 걸 받아들일 수 있겠더라고요."

어릴 적 경험한 애착 손상은 한 인격체의 바른 성장을 방해한다. 마치 어두운 동굴 속에서 자란 식물이 가느다란 빛줄기를 향해 기이한 모양으로 성장하는 것처럼, 한 사람도 시간의 흐름에 따라 자라긴 자랐는데 내면의 무언가 뒤틀려진 모양을 지니고 있다.

이런 이들에게 어린 시절 사랑이 필요했던 거 아니냐고 하면, '사랑'이라는 단어에도 얼굴을 찡그리며 혐오를 드러내거나 무슨 말인지 이해하지 못하겠다는 표정을 짓는다. 사랑을 경험한 적 없으니, 그게 자신이 원하는 것인지 어떻게 알 수

20대 초반에 그린
「어둠으로 자라는 나무」

있을까? 그러다 다른 이들에게서 배제되어 홀로 남아 다른 이들을 살펴볼 수 있을 때, 그제야 다른 이들이 했던 아주 평범하고 소중한 경험을 자신은 하지 못했음을, 그래서 지금까지 자신에게 때때로 그 기회가 찾아왔어도 알아보지 못해 놓쳤음을, 뒤늦게 알게 된다. 사랑을 베풀고 싶어도 그 마음을 어떻게 표현해야 할지, 사랑을 유지하기 위해서는 어떻게 해야 할지 잘 모른다. 방법을 잘 안다고 해도, 하고 싶지 않고 하지 않을 때가 많다.

고등학교 1학년 때, 국어 선생님과 나는 학교 근처에 있는 어떤 사무실을 들르게 되었다. 선생님과 나는 말끔하게 정장을 차려입은 아저씨에게 인사를 하고 그 아저씨의 차를 탔다. 아저씨와 선생님은 앞좌석에 앉고 나는 뒷좌석에 앉았다. 학교 앞 시흥사거리는 내가 매일 버스를 타고 지나가던 곳이었는데, 이렇게 편안하고 조용하게 지나가니 다른 곳처럼 느껴졌다. 내가 부에 대해 갖는 느낌은 그때 그 차에서 받았던 느낌이다. 편안하고 조용한 느낌. 시뻘건 욕망이 오고 가는 게 아니라, 그 욕망이 보이지 않게 우아하게 웃어넘길 수 있는 느낌이었다. 그러나 부를 동경해본 적은 없다. 가질 수 없는 것에 연연해하지 않는 것이 내가 사는 방식이었다.

한 사무실에서 나는 거기 모인 몇몇 중년 남성들의 조기 축구회에서 장학금을 받게 되리라는 것을 알게 되었다. 국어 선생님은 아저씨들 한 분, 한 분에게 정중하게 인사하게 시켰다. 아마 어디 대표, 회장님이라고 했던 것 같은데, 난 뭔지도 모르고 얼어붙은 채로 인사만 열심히 했다. 짧은 만남을 뒤로하고 그곳을 나와 혼자 집으로 가는 버스를 탔다. 익숙한 소음이 시작되었다.

한 달 후 선생님이 장학금을 받은 다른 학생들과 조기 축구회 아저씨들과 기념사진을 찍어야 한다고 했다. 그냥 맛있는 거 먹는 자리로 생각하라고 했다. 나는 그날 교회 행사가 있어서 가지 못하겠다고 했지만, 사실 가지 않은 건 다시 한 번 비참하고 싶지 않았기 때문이었다. 조기 축구회 사무실로 가는 고급 승용차 안에서, 사무실에서 보게 된 아버지 또래의 부유한 아저씨들과의 만남, 다시 버스를 타고 집에 돌아오면서 내가 느낀 건 스스로에 대한 혐오감과 좌절감이었다. 한 아저씨는 나를 칭찬하려는 의도로 본인의 자식과 나를 비교했는데, 나는 오히려 그 아이가 부러웠다. 자신에게 주어진 것을 당연한 듯 누리는 그 아이의 자연스러움이, 그리고 주어지는 데도 하지 않을 수 있었다는 것에 대해서. 나에겐 그 아이처럼 주어진 것이 없었으므로 벗어날 필요도, 선택할 권한도 애초에 없었다.

나중에 선생님이 보여준 사진에는 우리 반 아이가 나 대신 내 이름표를 달고 행사에 참여한 모습이었다. 그 애는 신나게 먹으면서 행사 내내 즐겁게 웃었다고 했다. 선생님은 나에게 아쉬워하라며 그 사진을 보여줬지만, 난 오히려 해맑게 웃는 아이가 나보다 그 자리에 어울린다고 생각했다.

어린 시절 내가 괴로웠던 건 사실 금전적인 것이 아니었다.

원하는 대학교에 편입하겠다고 했을 때, 아버지는 내가 이기적이라고 했다. 내 합격증은 아버지의 손안에서 구겨져 있었다. 아버지는 퇴직해서 돈이 없는데, 내가 빨리 돈을 벌 생각은 하지 않고 공부한다고 했다. 여자는 기술을 배워서 빨리 돈을 벌면 그만이라고 했다.

"네가 거길 들어간다고 다른 애들처럼 될 거라 생각해?"

그 말을 뒤로하고 밖으로 나와, 어머니와 남구로역 역사 안에 있는 벤치에 앉아 이야기를 나누었다.

"내 인생을 걸고 아버지를 원망하고 싶진 않아. 어차피 오늘 일이 나에겐 엄청 깊은 상처로 남을 것 같아. 하지만 욱하는 마음으로 아버지가 원하는 대로 포기해서 나중에 아버지가 내 인생 망쳤다고 원망하고 싶은 생각은 없어. 이해는 안 되지만, 차라리 이기적이라고 욕 얻어먹고 내가 하고 싶은 대로 했다가 잘 안 되는 게 나을 것 같아."

집을 나와 혼자 살면서 이런저런 아르바이트를 하기도 하고, 돈이 없을 때는 굶기도 했지만, 어머니의 도움 없이는 불가능했다. 이후에도 '넌 할 수 없어'라고, 아버지의 목소리를 내는 사람들을 마주할 때가 여럿 있었다. 내 속에서도 그런 말을 할 때가 많았는데, 나는 그 소리에 오랫동안 아니라고 말하지 못했다. 대학 생활 내내 다른 아이들은 나보다 여러 면에서 뛰어났다. 나는 실패하는 데에 익숙해졌다. 그러나 가끔, 아주 가끔은 내가 스스로 대견해지는 성과를 이룬 순간이 찾아오기도 했다. 그 찰나의 기쁨들 덕분에 대학교 생활을 이어 나갈 수 있었다.

친구들과의 관계는 어그러지기 일쑤였고, 나는 혼자인 것이 편했다. 나와 가까워지려는 사람들에게서 그럴듯한 이유를 들어 매번 도망갔다. 몸은 자꾸 여기저기 아프기 일쑤였는데, 외로움이 원인이었는지도 모르겠다.

애착 이론에 관심을 갖게 된 건 행운이었다. 내 결핍을 정확하게 이해하고 스스로 아버지의 목소리로 괴롭혔던 것을 발견하고 불안의 실체에 직면할 수 있었다. 부모에게 사랑을 받지 못한 아이는 자라서 연인이나 배우자, 아이에게 자신이 받았던 대로 동일한 형태로 반복할 가능성이 높다. 아이가 자신이 태어나게 한 부모와 환경을 선택할 수 없었으니, 적어도 성인이 되어서는 어릴 때의 고통에서 벗어나거나 개선할 수 있는 두 번째 기회는 있어야 한다고 생각했다. 자신의 애착 손상을 이해하고 이후에 자연스럽게 반복하는 패턴을 끊어내야 한다. 마음의 상처는 이상하게 상처받았던 상황을 되풀이하게 만든다. 나는 처음 보는 순간 매료되는 이성의 매력에 현혹되지 않으려 노력했고, 관계를 오래 구축해나가는 것에 큰 가치를 두었다. 관계가 악화되는 순간에도 통제력을 잃지 않으려 부단히 애를 썼고, 쉽게 파국을 생각하지 않으려고 스스로를 다독이곤 했다. 나의 괴로움을 상대가 이해해준다면 고마운 것이지만, 알 수 없고 이해할 수 없는 부분이 있다는 걸 받아들이려고 했다. 그러나 관계라는 것이 내 노력만으로 이루어질 수 없기에 내가 스스로에게 할 수 없었던 다정한 태도로 날 관대하게 대해 준 사람들이 많았다. 그들의 다정함으로 세상이 조금씩 따뜻하게 느껴졌다.

손상의 경험은 한 사람의 내면에 짙은 슬픔을 갖게 하고 손상을 메꾸려는 과정에서 우리는 선택의 갈림길에 서게 된다. 나와 같은 상처 많은 다른 이들에 대한 연민을 가질 것인가, 혐오할 것인가. 나를 배척한 사람들에게 복수할 것인가, 수용할 것인가. 내가 받은 상처를 잘 아물게 치료할 것인가, 상처가 가려워 긁으면서 계속 덧나게 할 것인가……. 수많은 선택, 그것이 우리 삶이 자신만의 이야기를 만들어가는 지점이다. 나의 노력은 매번 좋은 선택을 하진 못해도, 그래도 나와 다른 사람들에게 더 나은 선택을 하려고 노력하는 것, 이쪽과 저쪽의 경계 사이에서 균형을 잘 찾으며 내가 기대하는 길로 걸어가려 하는 것이다. 삶은 매 순간 처음이기 때문에 비틀거리는 건 당연하다.

우리의 뒤에 누가 남을까?•

최근 몇 주간 나를 괴롭히는 기억이 있다. 누가 내 머리에 삽입하기로 한 듯이 갑자기 떠올라, 이 글을 써야 한다고 내 머릿속을 휘저어놓았다. 기억이라는 것이 얼마나 쉽게 왜곡되는지 대학교에서 인지심리학 교수가 여러 실험 연구 사례를 들어 강조하던 것이 기억난다. 그래서 지금 내 기억을 끄집어내는 것이 사실관계 파악에는 전혀 도움이 되지 않으리라는 것을 안다. 그러나 다시 이 글을 읽게 된다면, 그 기억을 풀어내는 과정에서 나의 내면적 풍경을 짐작해볼 수 있을 것이다.

● Birdy의 노래 「Skinny Love」 가사 중 'Who will fall far behind?'를 인용하였다.

그 기억은 초등학교 5학년에 한 학기 동안 있었던 사건에 대한 것으로, 나와 이름이 비슷한 아이에게 일어난 일이다. 내 이름이 SM이라면, 그 아이의 이름은 내 이름을 거꾸로 한 MS였다. 심지어 성은 동일해서 출석부에서 그 아이와 내 이름은 가까이에 있었다. 그 아이와 나는 유치원과 초등학교를 같이 다녔지만, 전혀 친하지 않았다. 유치원부터 초등학교를 같이 다닌 친구는 MS 말고도 여럿 있었고 그중에서도 서로 친하게 지내는 아이는 없었다. 서로의 활동 영역이 정해진 것처럼 초등학교 고학년이 되자 어떤 아이는 '날라리' 무리에, 나는 '모범생' 무리에 속했고, MS는 '그림자'와 같이 분명 존재하면서도 소외되는 아이들 무리에 속했다. 우리는 서로 다른 영역에 있는 친구들을 의식해본 적이 없었다.

MS에게 일어난 일에 대해 이야기하려면 먼저 내가 당시에 어떤 유년 시절을 보내고 있었는지 조금 언급해야 한다. 나와 같은 지역에서 비슷한 발달 단계를 거치는 아이들의 광기를 이해하는 데에 도움이 되기 때문이다.

매일 그런 것은 아니지만, 자주 밤에 술 취한 고모부가 우리 집에 와서 금방이라도 부서질 것 같이 녹슨 철문을 두드렸다. 아버지가 있으면 그나마 조금 나았지만, 아버지가 없는 밤이 더 많았고, 고모부가 시끄럽게 문을 두드리면서 소리를 질러대면, 엄마와 나는 사람이 없는 척 집에 불을 다 꺼놓고 서로를 껴안은 채 숨죽이고 있었다. 고모부에게 맞던 고모는 어느 날 집을 나갔고, 고모부는 고모를 내놓으라며 우리 집에 찾아와 행패를 부렸다. 고모부가 그러고 난 다음 날 아침이 되면, 고모부 집 옆에 살고 있는 무당 할머니가 우리 집에 와서 고모부 때문에 못 살겠다면서 소리를 지르다가 본인 화에 못 이겨 웃옷을 벗고 가슴을 내보이면서 우리 집 대문 앞에, 그 차가운 돌바닥에 드러누웠다. 나는 학교에 가기 위해 가끔 어쩔 수 없이 대문 앞에 누워서 소리를 지르는 무당 할머니의 다리나 팔을 조심히 넘어갈 때도 있었다. 할머니뿐 아니라, 구경하고 있는 아주머니와 아저씨 무리를 헤쳐 나가야 했다. 학교에 가면 나는 집에서 일어났던 일을 잠시 잊었다. 그러다 다시 집에 오면 이런 일들이 조금 다른 형태로 반복되었고, 어른들이 온몸으로 내뿜는 화가 정말이지 지긋지긋했다.

나만 그랬을까? 내가 알기로, 우리 동네 아이들은 나보다 조금 낫거나 훨씬 나쁜 환경에서 서로 조금씩 다른 모습으로 망가진 채로 크고 있었다.

초등학교 5학년에 MS와 나는 같은 반이 되었고, 담임 선생님은 항상 볼이 빨갛고 술 냄새가 지독하게 나는 사람이었다. 우리가 봐도 선생님이 지난밤 마신 술이 안 깬 것 같아 보일 때면, 선생님은 우리에게 게임을 알려주면서 우리끼리 하라고 하고는 양호실에 가서 자거나 교실에서 자기도 했다. 그러더니, 어느 날부터는 담임 선생님이 학교에 무단결근을 하기도 했다. 그런 날이면 우리 반은 그냥 아이들끼리 하루를 보냈다. 통제되지 않은 우리 반 아이들은 내가 지긋지긋하게 본 어른들처럼 변하기 시작했다.

아마 처음에는 남자아이들끼리 장난치다가 그랬던 것 같다. 남자아이들끼리 거칠게 놀다가 어느 한 명이 MS에게 몸이 닿았고, 그걸 본 다른 남자아이들이 MS 몸에 닿은 남자아이를 격렬하게 놀리기 시작했다. (어릴 때는 서로, 참 별거 아닌 걸로도 놀렸다.) 그 남자아이는 화가 나 분풀이로 MS를 때렸다. MS는 가만히 자기 자리에 앉아있다가 봉변을 당한 것이다. MS는 놀라고 아파서 소리를 질렀고, 남자애들은 이 상황을 더 재밌게 느꼈던 것 같다. 왜냐하면 그 뒤로 그 아이들이 MS의 비명을 듣기 위해 계속 때리기 시작했기 때문이다. 담임 선생님의 부재가 길면 길수록 MS 몸에 상처가 늘어났고, 비명은 더 오래되었다. 몇몇 남자애들에서 반 다수의 놀이로 바뀌는 건 순식간이었다. 물론 모두가 한마음이 되어서 MS를 괴롭힌 것은 아니었다. 다른 반 선생님에게 상황을 알린 친구도 있었고, MS를 때리는 아이들을 막아보려 애쓴 친구도 있었다. 그러면 그때 잠시 괴롭힘이 멈출 뿐, 조금 있다가 슬슬 괴롭힘은 다시 시작됐다. 어느 날은 MS를 괴롭히는 남자애들이 나를 MS에게 밀었다. 나는 중심을 잃고 MS에게 부딪쳤고, 나 또한 MS와 부딪친 게 불쾌해, MS 의자를 발로 밀었다. MS 머리와 몸에서 나는 그 냄새가 싫었고, 떡진 머리가 싫었고, 지저분한 얼굴이 싫었다. 소리를 지를 때마다 나는 입 냄새도 너무 싫었고, 내 이름과 비슷한 것도 싫었다. 잠깐이지만 왜 나까지 아이들에게 괴롭힘을 당해야 하는지 MS에게 화가 났고, 그 아이가 제발 입 좀 다물었으면 좋겠다고 생각했다.

"그러니깐 맞지."

이 말을 실제로 내가 내뱉었는지는 모르겠지만, MS가 아이들에게 맞는 내내 MS가 맞는 데에 다 이유가 있다고 생각했다. 깨끗하지 않아서, 공부를 못해서, 자기변호는 못 하면서 짐승처럼 소리만 질러대서 맞는 거라고.

남자애들 중 한두 명은 대걸레 자루를 들어 MS를 때릴 정도로 상황이 심각해졌다. MS의 온몸이 멍들어가고 있었다. 그러나 상황이 심각해질수록 우리 반 아이들은 MS에 대한 괴롭힘에 더욱 침묵했다. 권력에 대한 복종을 증명해낸 밀그램 실험에서 타인에게 고통을 주는 전기 충격 버튼을 누르는 것에 의문을 갖던 피험자들도 충격의 강도가 세질수록 오히려 침묵했다는 실험 결과는 초등학교 5학년 우리 반 아이들에게도 해당했다. 5학년 11반 우리는 MS를 괴롭히는 일에 동참하거나 침묵했다.

당시 초등학교 고학년생들은 체육과 미술 시간엔 담당 선생님이 따로 있었는데, 담임 선생님이 부재할 때가 많은 우리들이 선생님이라는 존재를 만나는 건 체육과 미술 시간뿐이었다. 그러나 MS는 (아마도) 그때마다 없었다. 우리가 미술실에 가서 수업을 듣던 그때에도 MS는 미술실에 가지 않았다. 나는 MS가 없는 걸 전혀 신경 쓰지 않았고, 수업 도중에 교감 선생님이 MS와 함께 미술실에 나타났을 때가 되어서야 MS가 미술실에 가지 않고 양호실에 갔었다는 것을 알았다. 우리 반 아이들이 MS에게 가하거나 침묵했던 폭력이 드러나는 순간이었다. 교감 선생님과 미술 선생님은 우리 같은 어린아이들이 한 아이의 온몸에 피멍이 들게 했다는 것에 충격을 받은 것 같았다. 나는 충격을 받은 선생님들의 얼굴을 마주하고, 그제야 이 일이 충격적으로 다가왔다. 마음이 한없이 무거워졌고, 우리 모두가 괴물처럼 느껴졌다. 그러나 한편으로는 우리 반을 방치한 선생님들이 원망스러웠다. 아이들끼리 누가 더 잘못이 큰가 손가락질하기도 했지만, MS에게 일어난 비극은 우리 모두의 책임이었다.

2학기가 되자 우리가 좋아하는 미술 선생님이 우리 반 담임 선생님이 되었고, 우리를 방치하던, 슬픔과 술에 빠진 선생님도 학교를 떠났다. 우리 반 아이들은 다시 평범한 5학년 학생이 되었다. 여전히 짓궂은 행동을 하는 아이들이 있었지만, 적어도 MS를 괴롭히진 않았다.

몇 년 뒤 MS와 나는 같은 중학교에 가게 됐고, 우연히 동네 골목에서 마주쳤다. 나와 같은 교복을 입고 있는 MS에게 내가 "안녕"이라고 말했고, MS는 그냥 어색하게 웃으며 지나갔다. 아닌가? MS가 나에게 인사를 했는데, 내가 그냥 지나쳤던가? 아니면, 우린 마주쳐도 서로 인사를 하지 않았던가? 내 기억 속에 나는 MS를 때리지 않았는데, 혹시 내 기억과 달리

나도 MS를 때린 것은 아닐까? 2학기에 반이 안정됐다고 기억하는 건 내 착각 아니었을까? 나 또한 5학년 1학기에 친했던 반 친구들에게 괴롭힘당한 일이 기억나는데, 그게 MS에게 벌어진 비극과 어떤 연관이 있었을까? 기억이 파편적으로 서로 연결되지 않는 것들이 있어, 혼란스럽다. 언제부턴가 기억 속에서 MS와 MS를 괴롭히던 아이들, 방관하는 아이들 모두 내 얼굴을 하고 있었다. 한나 아렌트가 말한 '악의 평범성'은 아이히만에게서 악을 발견한 것이 아니라, 평범하고 성실하게 사는 우리가 불합리한 상황에 대해 그대로 순응했을 때 끔찍한 일이 발생한다는 것을 뜻한다. 우리는 언제든 악에 동참할 수 있다. 악마는 내 얼굴과 당신의 얼굴을 할 준비가 되어 있다.

밤마다 우리 집 대문을 두드리던 고모부는 고향에 내려가 얼마 안 있어 돌아가셨다. 고모부가 이사 간 뒤에 우리 동네는 빌라로 재개발했고, 옆 빌라에 사는 무당 할머니를 가끔 길에서 마주칠 때마다 그 멀쩡한 모습에 놀랐다. 그 할머니도 빌라에서 몇 년 살다가 돌아가셨다. MS는 어디에 사는지, 어떻게 사는지 고등학생이 된 이후로는 전혀 알지 못한다. 나는 스무 살이 되자마자 내가 살던 동네를 홀로 떠났다.

이제 나는 초등학생도 아니고 5학년 때 담임 선생님들과 비슷한 나이가 되었지만, 그때의 나와 나를 둘러싼 세상이 아직도 재현되고 있는 것 같을 때가 있다. 그럴 때면 유년 시절 제대로 보호받지 못하고 어린 우리끼리 서로를 해치기도 하고, 희생양을 찾아내 자신의 울분을 쏟아내기도 하면서 폭력이 반복되었던 날들이 기억나, 한동안 괴로웠다. 나는 슬픈 저자에 머물러, 고통을 종이 위에 옮기고 있을 뿐이다.

PART
2
—

갇힌 ( )

세 여자 이야기

커피를 다 마신 지 오래였지만, 우리는 계속 이야기를 이어
나갔다.

"초등학교 1학년 때인가, 차 한 대가 지나갈 수 있을 정도
의 길에서 친구들이랑 고무줄을 하고 있었어. 그 시절, 우리
는 자주 여기저기서 고무줄을 했지. 그때에는 세탁소와 미용
실 사이에서 고무줄을 했어. 우리 집에서 그렇게 먼 곳도 아
니야. 한 15미터 정도 되었을 거야. 그날따라 친구들이 빨리
집에 가봐야 한다고 하더라고. 결국 나까지 해서 세 명인가,
네 명 남았는데, 우리는 고무줄놀이를 더 해야 하나 말아야
하나 고민하고 있었어. 그때 세탁소 아저씨가 우리를 불렀어.

그 아저씨는 노총각인데, 그동안 우리에게 크게 관심이 없었거든. 근데 그때 우리를 부르더니, 자기를 도와주면 오백 원을 주겠다는 거야. 각자 오백 원씩이래. 그 돈이면 아이스크림도 사 먹고 다른 것도 사 먹을 수 있으니깐 우린 뭔 일이냐고 물었지. 그랬더니, 한 명씩 부르면 자기한테 오라고 하더라고. 먼저 다른 친구가 가고 다른 친구들이랑 나는 순서를 기다렸어. 내가 몇 번째로 방에 들어갔는지는 모르겠는데, 친구가 그 방에서 나오면서 '아저씨가 너 오래'라고 말한 것 같아. 그래서 들어갔다가 오백 원을 받고 나왔어. 나와서 친구들이랑 서로 이상하다고 이야기를 나눴어. 벌써 아이스크림을 사 먹은 애도 있었고, 집에 먼저 간 애도 있었어. 나는 아무래도 이상해서 우리 집 앞에서 아줌마들하고 이야기 나누고 있는 엄마한테 가서 말했어. 세탁소 아저씨가 내 입에 자기 고추를 넣고 이상한 소리를 내면서 움직이더니 오백 원을 줬다고. 엄마는 얼굴이 순간 얼굴이 일그러지더니, 세탁소 아저씨한테 가서 따져 물었어. 세탁소 아저씨는 자기는 아까부터 가게에 나와서 일하고 있었는데 무슨 소리냐고 더 크게 화를 냈어. 내가 상상해서 이상한 소리를 한다는 거야. 나는 엄마랑 아저씨가 싸우는 게 너무 무서워서 엄마한테 그냥 가자고

만 했어. 그러고 그 기억을 한참 동안 잊었어. 다시 생각난 건 고등학교 3학년 때였어. 갑자기 어느 날 그 기억이 마치 어제 일어난 일처럼 다시 돌아온 거야. 초등학교 1학년 때는 내가 대체 뭘 경험한 건지도 몰랐다가 그 상황을 파악하고 분노할 수 있을 때 다시 생각난 거지. 그 아저씨를 찢어 죽이고 싶었어. 그리고 엄마도 그렇게 믿더라고. 어느 상담가의 이론서를 읽다가 사례 중 하나로, 수잔이라는 여자애가 어릴 적 성폭행을 당한 기억이 잠재되어 있다가 열아홉 살에 상담을 받던 중 갑자기 떠올라, 밤마다 예전에 살던 곳으로 가서 칼을 들고 서성였다는 거야. 그 남자를 죽이겠다고. 그게 나만 겪은 이례적인 일은 아니라는 걸 알았어. 내가 수잔처럼 식칼까지 들고 헤매지는 않았지만, 일부러 그 아저씨가 하는 세탁소를 서성이면서 그 아저씨를 살펴봤어. 그 아저씨는 결혼도 하고 아이도 있더라고. 그다음에는 일부러 드라이클리닝 할 옷을 들고 가서 맡겼어. 나를 기억하나 보려고. 전혀 모르는 것 같더라고. 아님, 내가 누군지 알았더라도 자기가 나한테 뭘 했는지는 기억이 나지 않았을 수도 있지. 그 사람을 죽이지 않기 위해 얼마나 노력했는지 모를 거야. 어쩔 땐 내 살이 찢겨 나가는 것 같은 느낌까지 들었어. 빛도 공기도 없는 우주공간에 나 혼자서 살이 뜯겨 나가는 것 같은 그런 느낌. 그래서 아토피가 생겼나?"

친구는 자신의 백금발로 탈색한 머리를 자꾸만 잡아당겼다. 그 바람에 몇 가닥이 빠지기도 했지만, 심한 정도는 아니었다. 어쩌다가 우리가 이런 대화를 시작했는지는 잘 모르겠다. 우린 서로 엄청난 무게의 이야기를 꺼내는데, 누구도 감정을 극적으로 드러내지는 않았고, 서로의 이야기에 반응하지도 않았다. 그저 한 사람이 얘기를 시작하고 끝내면, 잠시 침묵이 흐르고, 다시 다른 사람이 이야기를 이어 나갔다. 다음 이야기를 이어 나간 건 작가 지망생인 친구였다. 평소에는 말하는 것보다는 문자로 더 많은 얘기를 나누던 친구였다.

"난 스물네 살에 3년 사귄 남자친구랑 헤어지고 그 뒤에 다른 사람을 잠깐 만났어. 그런데 내가 자기를 안 좋아한다고 하면서 사귄 지 한 달도 안 되어서 헤어지자는 거야. 나는 아니라고 하면서 그 사람을 잡겠다고 그 사람이 사는 대전에 기차를 타고 갔지. 집 주소는 모르니깐 대전역에서 한참을 기다렸어. 그러다가 밤이 되어서야 그 사람하고 다시는 안 될 거라는 걸 알고 그 사람이 줬던 선물, 내가 주려 했던 선물을 모두 버리고 다시 서울로 올라왔지. 이전에 오래 사귄 남자친구와의 이별에 대한 아픔이 유보되었다가 짧게 사귄 그 사람과의 이별에서 폭발한 건지도 모르지. 그러고 나서 얼마나 지났는지 모르겠는데, 고등학교 때부터 알고 지낸 친구가 함께 여행을 가자는 거야. 기억이 쪼개져 있어서 잘은 기억이 안 나는데, 서울에서 그렇게 멀지 않은 곳에서 그 친구를 짝사랑하는 애가 하도 놀러 오라고 해서 나랑 같이 간 거야. 숙소도 다 준비되어있다고. 그 친구 차를 타고 놀러 갔어. 거기서 그 남자애 형, 동생 하는 애들도 같이 나왔는데, 그중에 내가 대전까지 가서 만나려고 했던 남자애랑 비슷한 애가 있는 거야. 사실 비슷한 점도 없었는데, 내가 그냥 비슷하다고 생각하고 싶었던 것 같아. 몸이 안 좋았는데 그 남자애가 권하는 술을 거부하질 못했어. 왠지 친구를 위해 내가 분위기를 띄워야겠다는 생각과 헤어진 전 남자친구와 닮은 애가 있어서 괴로워서 술을 계속 마신 것 같아. 기억나는 건 컴컴한 방 안에서 내가 그 남자애를 밀어내고 있었던 거야. 미친 듯이 벗어나려고 하는데, 몸이 맘대로 되지 않았어. 그러다가 또 기억나는 건 환한 불빛 아래서 술 취한 다른 남자애가 나를 쳐다보고 있었어. 나는 막 소리 내서 울었던 것 같아. 다음 날 아침 일어나 보니, 친구가 옆에서 자고 있어서 참 다행이라고 생각하던 찰나, 방 한구석에 내 팬티가 놓여 있는 거야. 나는 분명 옷을 입고 있는데. 친구가 일어나기 전에 빨리 속옷을 다시 입었지. 뭐가 뭔지 기억이 다 나진 않지만, 친구와 차를 타고 돌아가면서 간밤에 기억나는 대로 다 이야기했어. 친구는 그러게 술을 왜 그렇게 마셨냐고, 사람 좋은 얼굴로 그냥 잊으라고 했지. 그런 친구에게 나는 좀 짜증을 낸 것 같아. 나를 좀 챙겨줬으면 하는 마음도 있고. 그런데 다음 날부터 함께 여행을 다녀온 친구뿐 아니라, 그 친구와 같이 알고 지내던 다른 친구들도 다 내 연락을 안 받더라고. 내가 외면당하고 있다는 게 분명하다고 느끼고 한 친구에게 문자를 보냈어. 무슨 이유에서 내 연락을 안 받는지는 모르겠지만, 다신 연락 안 하겠다고. 내가 문자 보낸 친구는 심지어 나랑 초등학교부터 고등학교 때까지 친하던 사이였는데, 무슨 이야기를 전해 들었는지는 모르겠지만, 나를 외면하다니 큰 충격이었지. 그런데 슬프지는 않고, 마음이 단단해지는 게 느껴지더라고. 단단해진 건지, 딱딱해진 건지. 그런데 가끔 궁금해. 그 친구들은 어떤 이유로 나를 외면했는지, 그리고 같이 여행 간 친구는 그 친구들에게 어떤 이야기를 들려줬을까 하고. 다행히 '이래서 내가 여자애들하고는 안 만나', 이런 사고의 흐름으로 가진 않았어. 그건 좀 웃기잖아. 인간의 반을 외면해야 하는데, 그건 좀 불가능할 것 같더라고. 나중에 내가 유명해지면 걔네들 중 한 명에게라도 듣고 싶어. 이제 생각해 보니, 자기도 어린 시절부터 알고 지낸 친구를 잃은 대가가 뭔지 알겠다고."

글쟁이 친구의 큰 눈이 끔뻑하자, 눈물이 한 방울 떨어졌다. 안경을 벗고 눈을 비벼댔다. 눈을 비벼서 그런 건지, 울어서 빨개진 건지 구분이 가지 않았다.

"왜 내가 발목 수술을 한 줄 알아?"

마지막 차례는 나였다.

"회사 대표가 술 먹다가 나한테 좋아한다면서 키스하려고 해서 도망가다가 발목을 삔 거야. 유부남에 아기도 있는데, 술 먹으면 다 상관없나 봐. 술집에서 벗어나 발목은 아프지, 택시 타려고 하는데 택시는 안 잡히고 애를 먹고 있는데 갑자기 어떤 아저씨가 나타나더니, 나를 도와주겠다고 말을 거는 거야. 술집에서부터 지켜봤는데, 내가 곤란해 보였다고 말이야. 그때 마침 남자친구한테 전화가 와서 받았어. 남자친구는 내 목소리를 듣고 너무 취한 걸 안 거지. 왜 이렇게 술을 마셨냐고 해서 내가 오늘 회사에서 큰 실수를 해서 사죄의 의미로 술을 마시다가 취했다고 했지. 아저씨가 자꾸 쫓아오는데 아무리 괜찮다고 해도 안 가고 자기가 도와주겠다고 해서 남자친구에게서 온 전화를 그 아저씨한테 돌렸어. 나중에 안 사실인데, 그 아저씨가 매우 점잖은 목소리로 자기가 대학교수라고 하면서 전화번호도 알려주면서 아가씨가 아까부터 직장 상사한테 위험한 처지여서 도와주겠다고 말했대. 남자친구는 전화를 끊고 바로 그 아저씨가 말한 전화번호로 전화를 걸었는데, 없는 번호로 나오는 거야. 그리고 나에게 다시 전화를 걸었지. 그와 동시에 이런 일이 생겼어. 내가 돌아오지 않으니깐 이상해서 나왔던 회사 대표가 그 아저씨에게 붙잡혀 있는 나를 발견하고 그 아저씨에게 죽일 듯이 덤볐어. 그래서 그 아저씨는 도망갔지. 그리고 회사 대표가 지쳐서 길가에 앉아있을 때, 난 혼자 택시를 타고 가면서 다시 남자친구의 전화를 받게 됐지. 남자친구는 집에 도착할 때까지 전화 통화를 해야 한다고 했어. 엄청 화내고 있었는데, 난 술에 취해서 시간이 흐르면 다 괜찮을 거라고 생각했어. 남자친구의 전화를 언제 받았는지 엄마가 집 앞에 마중을 나와 있었어. 그리고 난 안전하게 집으로 귀가했지. 다음 날 아침에 발목이 너무 아파서 잠이 깼어. 아예 걷지를 못할 정도였어. 나는 엄마가 하자는 대로 한의원에 가서 침을 맞았어. 그리고 남자친구는 잠깐 시간을 갖자고 했지. 일주일간 나는 한의원에서 치료 받으면서 걸을 수 있게 됐고, 남자친구와도 화해했어. 그리고 다니던 회사도 관뒀지. 3년이 흐른 다음에 허리가 아파서 간 정형외과 병원에서 허리가 아픈 게 그때 다친 발목 때문이라는 걸 알게 됐지. 근데 약간 억울한 건 3년 동안 허리가 아파서 통증 외과도 몇 개월 다닌 적 있었는데 거기에서도 발목을 놓친 거지. 암튼 그래서 발목 인대 재건 수술을 받은 거야. 근데 놀라운 건 내가 발목을 다친 그 일이 있고 나서 얼마 뒤에 수원역 여대생 살인 사건이 일어난 거야. 술에 취한 여자친구를 부축하다가 여자친구가 토를 해서 길 위에서 애먹고 있던 남자친구에게 어떤 아저씨가 도와주겠다고 다가와서 물티슈를 사 오라고 말했대. 그리고 남자친구가 다시 왔을 땐 여자친구와 그 아저씨가 사라진 거지. 그래서 실종 사건인 줄 알았는데, 나중에 시신이 발견되었지. 성폭력 살인 사건이었지. 그 사건이 화제가 되니깐 그 아저씨도 자신이 곧 잡힐 것 같아서 자살하고 그 아저씨의 시신까지 발견되고 나서야 그 사건은 대중에게서 잊혔어. 아주 끔찍한 사건이지. 근데 무서운 건 뭔지 알아? 내가 술에 취해 도망가다가 발목을 다친 그곳이 수원역 근처였어. 동일범인지 그건 모르겠지만, 그 사건을 접하고 등골이 서늘해졌지. 당연히 그 피해 여대생이 내가 될 수도 있었다는 생각이 들지 않겠어? 그럼, 난 그 아저씨를 쫓아준 회사 대표에게 감사해야 할까, 아님, 애초에 그 대표가 나에게 치근덕거리지 않았으면 일어나지 않은 일이라고 생각해야 할까. 아니면 그보다 애초에 내가 그날 회사에 실수를 한 일이 없었으면 그 대표하고 수원역에서 술을 마실 일도 없었을 거라고 생각해야 할까."

나는 말을 더 잇고 싶었지만, 그대로 이야기 끝을 맺었다. 우린 더 이상 어떤 이야기를 해야 할지 몰랐다.

등 뒤에서 방문이 열리며 엄마의 목소리가 들렸다.

"넌 혼자 방에서 무슨 이야기를 그렇게 하는 거니?"

이젠 나도 이게 우리의 이야기인지, 나만의 이야기인지 잘 모르겠다.

개인에게 극심한 스트레스를 유발하고 심리적·신체적으로 깊은 상처를 남기는 트라우마 사건에 대한 진짜 피해는, 내가 '~했다면(혹은, ~하지 않았다면), 일어나지 않았을 거'라고 생각하는 순간부터 시작된다. 현재 나에게 엄청난 고통을 주는 이 사건에 내가 관여한 것 같을 때, 혹은 주위에서 무신경하게 그런 피드백을 줄 때 고통은 재생산된다.

우리가 심리적으로 건강한 사람이라고 부르는 사람은 약한 정도의 신경증과 약한 정도의 성격장애를 가지고 있다. 우리는 현실을 명확하게 받아들이지 않고 자동으로 나의 내적 회로에 따라 왜곡하기 때문이다. 그러다 신경증이든 성격장애든 한쪽으로 치우거나 양극단으로 치우칠 때, 우리는 영혼이 병들어가는 것 같은 느낌을 받는다.

어릴 적에 수용할 수 없었던 기억이 성인이 되어서 의식의 수면 위에 올라온 것은, 무의식 영역에서 그 사람을 움직이려 했던 어둠의 그림자를 인식한 것과 같다. 수면 위로 끌어올려 인식할 수 있다면, 회복의 여지가 있다. 친구들과 나는 우리만의 블랙스완적 사건에 대해 이야기를 나누면서 사건을 수면 위로 끌어올렸다. 그러나 절대 이대로 끝내선 안 된다. 이제 출발점에 섰을 뿐이다. 블랙스완을 발견했던 것과 같은 충격을 주는 사건으로 인해 신체적·심리적 고통을 겪고 있다면, 그것에 대한 치료를 병행하고 사건으로 인한 왜곡된 시선을 자꾸 재조정해 나가야 한다. 그 과정에서 엄청난 고통을 감내해야 할지도 모르지만, 그 고통을 외면해서 평생을 통해 더 거

대한 폭풍으로 오지 않게 하려면, 견뎌야만 한다. 뭔가 잘못되어가고 있다는 경고 신호가 뜰 때, 만약 '이상적인 나'라면, 어떻게 선택할까, 생각해보는 것도 도움이 될 수도 있다. (그런데 이건 나에게 효과 있었던 방법일 뿐, 개인마다 치료의 과정에서 자신만의 개선 방법을 찾아야 한다. 그때부터가 진짜 치료가 되는 순간이다.)

개체발생은 계통발생을 반복한다.[*] 한 인간의 인생사로 깊게 들어가면, 인간 전체에 대한 깊은 이해를 할 수 있다. 개인이 경험하여 구축하는 역사 또한 인류의 역사가 될 수 있다. 그 믿음으로 호모 사피엔스는 기록과 공감을 위해 뇌의 기능을 증폭시켰는지도 모른다. 오늘도 우리가 책으로, TV로, 이외에 다양한 매체로 다른 사람 이야기에 귀 기울이는 이유가 될 것이다.

● E. H. 헤켈의 연구와는 별개로 헤켈이 했던 이 표현은 일반적인 수준에서 받아들여지고 있다.

슬픔-연결 or 단절-세계

♪ Joep Beving의 「Every Ending Is A New Beginning」

서로에게 미끄러져 들어가 비틀어지고 깨지다가,

깨진 조각들을 주워 이어 붙이는.

대림역에 가기 위해 탔던 2호선 열차가 알고 보니 신도림행
이라, 문래역에서 내려 다음에 오는 순환행 열차를 기다릴 때
가 있었다. 아, 나는 신도림역에서 한 정거장만 더 가면 되는
데, 하는 아쉬운 마음으로 열차를 기다렸다.

이어폰을 꽂고 핸드폰에 담긴 음악에 집중하다 보니, 금세
다시 열차를 탄 것 같았다. 내가 탄 열차가 신도림역에 도착

하자마자 이전에 신도림행 열차에서 강제 하차했던 사람들까지 타야 해서 엄청난 수의 인원이 열차 안으로 밀려 들어왔다. 신도림역에서 열린 문과 반대편 문 가까이에 있던 나까지도 몰려드는 인파에 숨이 막혀왔다. 그래, 한 정거장만 더 가자. 조금만 참으면 곧 대림역이었다. 그때 갑자기 비명이 들려왔고 안 그래도 좁았던 공간을 접으며 엄청난 힘으로 사람들이 내 쪽으로 밀려와 숨이 막혔다. 나는 순간적으로 유리와 사람 사이에 끼여서 통증을 느꼈다.

"괜찮으세요?"라는 목소리가 들렸다. 뒤이어, "만지지 마세요!"라고 외치는 남자의 목소리가 들렸다.

대체 무슨 상황인지 나는 도저히 알 수가 없었다. 그 사이에 열차는 대림역에 도착했고 나는 서둘러 열차에서 내렸다. 평소보다 많은 인원이 대림역에 내렸다. 열차에서 내리고 보니, 그제야 내가 있었던 열차 호실에 무슨 일이 있었는지 눈으로 확인할 수 있게 되었다. 중년의 남자가 피로 물든 얼굴을 하고서 바닥에 무릎을 꿇은 채로 멍하니 있었다. 남자의 두 손도 피범벅이었다. 피를 토한 것이다. 열린 문틈으로 어떤 남성이 결핵일지도 모르니 그 아저씨를 만지지 않는 게 좋겠다고 말하는 소리가 들렸다. 이대로 열차를 타고 보라매병원으로 가는 게 좋겠다는 소리도 들렸고, 이어 열차의 문은 다시 닫혔다. 자신의 피를 뒤집어쓰고 놀라 석고상처럼 굳어버린 아저씨의 모습이 열차의 속도만큼 빠르게 사라져가는데, 나는 그 아저씨를 제외한 풍경이 오히려 비현실적으로 느껴졌다.

열차가 사라지고 슬픔이 몰려왔다. 그 아저씨가 혼자 외로울 것 같다는 생각에서였다. 자신으로 인해 누군가 놀라 비명을 지르게 했다는 것과 그 많은 사람들 속에서 가슴과 목구멍이 타들어 가는 선명한 고통을 확인해야 하는 것, 그리고 나를 둘러싼 사람들은 그 아픔을 모르고 오로지 자신만 홀로 감당해야 하는 그 순간이 서늘하게 외롭지 않을까 걱정되었다.

알고 있다. 이건 나의 주관적 현실에 해당한다는 것을.

과거에 몸이 뒤틀려가며 괴로워하면서 사실은 통증보다도 외로움이 견딜 수 없었던 나의 모습을 그에게 투사했으리라. 그 아저씨가 그 경험을 어떻게 해석했는지 나는 끝내 알 수 없겠지만, 난 아직도 그 사람을 외롭다고 기억하고 있다.

〉〉〉 사람은 실제 발생한 사건을 있는 그대로 인식하는 것이

아니라, 자신만의 틀에 맞게 주관적으로 구성해서 인식한다. 앨버트 엘리스(Albert Ellis)의 REBT(Rational Emotive Behavior Therapy, 합리적 정서 행동 치료)의 핵심은, 발생한 사건에 대해 자동으로 반응하는 개인의 비합리적 신념(틀)을 합리적으로 수정해, 주관적인 세계를 변화하는 데에 있다.

경험하지 않고 알 수 있는 것이 있을까?

실제 경험하지 않는다 하더라도 경험한 것과 같은, 일종의 간접 체험이 가능한 게 인간의 강점이라고 생각한다. 상상할 수 있는 능력과 상상만으로 체험한 것과 같은 것. 그것을 우리는 공감이라 부르기도 하고 이해라고 부르기도 하는데, 나는 깊은 이해가 공감이라고 여긴다. 심지어, 언어로 표현하지 못해도 충분히 알 것 같고 연결되어있는 느낌을 받을 때가 있다. 감정이 충분히 열려있고 감각 수용체가 순조롭게 작동한다면 가능한 일이다. 그럼, 나와 별로 상관없는 영국의 할아버지가 겪는 실업 문제(영화 「나, 다니엘 블레이크」), 내가 한 번도 가보지 못한 나라의 전쟁(보스니아 내전, 시리아 내전 등)에도 마치 내가 겪는 것처럼 아파하고 고민하게 된다.

내 주관적 현실의 영역을 넓혀가는 것과 동시에 기이하게 반복하는 주관적 경험에서 일정한 거리를 확보하여 관찰자 시각으로 바라보는 것. 모두가 그렇겠지만, 나는 내 경험의 주체이며, 내가 경험하는 세계의 유일한 목격자다.

따지고 보면, 객관적 현실이란 관념적으로 존재할 뿐 이 세상은 물리적 세계에 대한 각자의 주관적 현실만이 존재한다. 난 경험적으로는 내 주관적 현실 안에서 갇혀 살지만, 가끔은 공감이라는 비물질적인 형태로 타인의 현실에 접근을 시도한다. 예술 작품에 대한 반응도 마찬가지다. 시공간을 넘어선 강한 연결을 경험한다.

문득 그런 생각이 들었다.

고3 토요일 어느 낮, 몸이 뒤틀려 숨을 쉬지 못하고 쓰러져갔던 그때, 나는 아직도 그때에 머물러 있는 건 아닐까.

지칠 때마다 자꾸만 회귀하는, 나만의 지점은 그 환한 낮에 사람들 사이에서 정신이 아득해지던 순간이다.

내 공포.

사랑 노래만큼은
사라지지 않으면 좋겠어

♪ 민시후의 「Love」

사랑이 가여운 한 사람에게 줄 수 있는 진통제라면, 이별은 내부의 오래된 상처에 칼을 대고 재건하는 수술과 같다. 개인에 따라 사랑을 통해 성장할 수 있겠지만, 지난 시절 나는 사랑보다는 이별을 통해 성장할 수 있었다. 12년 전에 내가 쓴 글에는 20대의 불안정한 정서가 그대로 배어 있었는데, 젊고 불안했기 때문에 그 나름대로 매력적이었던 순간이다. 얼마 전, 신랑이 집에서 작업을 하면서 틀어놓은 넷플릭스의 「로맨스가 필요해 2」를 보고 "쟤네들 별것도 아닌 거 가지고 되게 힘들어하네"라고 얘기했는데, 지난 내 일기가 더 그렇다. 그러다 어머니가 나에게 했던 말이 떠올랐다.

"사랑 때문에 힘들어할 수 있다니, 얼마나 대단한 일이니. 그건 네가 아직 젊다는 거야."

당시에는 어머니의 그 말에도 눈물을 그치지 못했지만, 이제는 어머니가 어떤 의도로 말씀하셨는지 조금은 이해한다. 이제 사랑 이야기보다 다른 데에 더 관심이 가지만, 이 또한 자연스러운 변화일 뿐, 그때의 내 사랑에 관한 고민이 가치 없었다고 생각하진 않는다.

사랑에 대한 연구는 철학뿐 아니라 심리학에서도 관심을 기울이는 분야다. 우리는 낯선 대상을 만나, 그 사람과 며칠을 만나거나 몇 개월을 연인 사이로, 혹은 평생을 기약하고 함께 살기도 한다. 사랑에 대한 시행착오를 가장 많이 경험하는 시기가 청년기에 해당한다. 애착 이론에 따르면, 부모님과 맺은 관계는 연인이나 배우자와의 관계, 자녀와의 관계에도 영향을 미친다. 나 또한, 연애할 때나 이별할 때 내가 과거에 부모님과의 관계에서 애써 느끼지 않으려 눌러놓았던 불안감이 터져 나와 괴로웠다. 헤어지는 게 아니라, 내팽개쳐지는 느낌이 들었다. 그러나 그 괴로운 시간 속에서 내가 조금씩 단단해졌음을 느껴, 20대의 나를 살펴보고 지금의 나와 비교하는 건 의미있는 일이다. 나는 어떻게 변화되었을까.

　※ 주의: 이 글은 나의 글이긴 하지만, 20대 청년의 싸이월드 이별 정서를 담고 있음.

2008. 4. 22. 09:10 전체 공개

　언젠가 이 시간을 돌이켜보며,

　"그때가 가장 빛나던 순간이었지. 숨을 한번 내쉴 때마다 별빛이 떨어지는 것 같았어"라고 말하길.

아픔을 끌어안고 오기를 한 시간, 더 이상 참지 못하고 어머니에게 마중을 나오라고 전화했다. 아픔을 기억하기 위해 창을 통해 내 얼굴을 바라봤다. 창백한 낯빛은 낯선 이의 얼굴처럼 어색했고 내가 할 수 있는 건 '엄마'라는 단어만 읊조리는 것이었다. 아픔을 대체할 수 있는 유일한 단어, '엄마'. 나보다 더 창백한 얼굴로 황망하게 나온 엄마의 몸 여기저기에 바람의 흔적이 있었다. 나는 그저 "엄마, 미안".

알 수 없는 고통에 홀로 시달리면서도 그 고통의 시간들 사이에서 날 구원해주는 이들 때문에 외롭지 않았다. 예전엔 아플 때마다 지독하게 외로워져서 더욱 힘겨웠다. 고통의 시간으로 들어갈 때마다 느끼던 공포는, 아픔 자체에 있는 것이 아니라, 홀로 아프면서 겪을 외로움 때문이었다. 사랑이 날 강하게 만들 것이다.

서로 이루어져서는 안 된다고 생각하면서도, 마음을 어쩌지 못해, 실제의 그로부터 잔인한 부정의 대답을 듣길 원했다. 바람을 이루었고 자리에서 일어나, 집으로 돌아오면서 슬픔과 동시에 홀가분함을 느꼈다. 이젠 마음껏 슬퍼만 할 수 있구나, 하는. 그리고 여기서 벗어나는 일밖엔 없다는 생각이 날 안심시켰다.

이제 와 생각해보면, 그 고통의 시간이 아주 먼 옛날의 일 같다. 기억에는 있는데, 감정에는 전혀 없는. 마치 허름한 극장 한 귀퉁이에서 복잡 미묘한 욕망을 다룬 프랑스 영화 하나를 보고, 햇빛 속으로 나온 것 같은. 하, 표현이 우습지만, 정말 그런. 도시의 햇빛 속으로 나오자, 영화 속의 인물들과 내가 얼마나 많은 물리적 거리의 차와 문화적 차이를 가졌는지 깨달으면서, 내 삶 속에선 그들처럼 표현하지 않을 거라는 생각을 한다. 극장 속에선 영화 속 인물들의 감정을 내 것처럼 느꼈지만, 햇빛 속에선 그들과 나의 다름만 절실하게 느낄 뿐이다.

2008. 3. 15. 20:36 전체 공개

몰아치는 바람과 우리를 스쳐 지나는 많은 사람들 속에서 그의 팔을 잡았다. 마치 물속에 깊이 가라앉으면서 나뭇가지를 잡는 심정으로. 그의 팔을 잡았지만, 나는 물속으로 더 깊이 가라앉고 있었다.

이 신비한 짐승의 금빛 눈이 홀리려는 듯이 나를 뚫어지게 쳐다보기라도 하면, 나도 모르는 사이에 곁에 있던 집안사람의 소매를 붙잡고, 눈앞의 행렬이 내게 주는 공포에 가까운 환희로부터 여차하면 도망칠 태세로 서 있는 자신을 느꼈다. 나의 인생에 맞서는 태도는 이즈음부터 이런 식이었다. 너무도 기다리던 끝에, 일이 일어나기 전의 공상 속에서 너무도 지나친 수

식을 해대다가 마침내는 도망치는 것밖에 다른 방법이 없게 되는 것이었다.

―미시마 유키오, 『가면의 고백』

그가 내 앞에 있을 때보다 그가 없을 때 그를 생각하며 지내는 게 더욱 좋다. 마주치는 사람들 속에서 '그'를 발견하고 마침내는 그들을 모두 사랑할 수 있을 것 같은 느낌에까지 이르렀다. 그와의 단절이 이것을 내 사랑의 방식으로 만들었다. 그와 닮은 사람을 보거나 그가 했던 말과 비슷한 말을 하는 사람을 보면, 그전엔 관심을 기울이지 않았다 하더라도 그다음부터 그 사람의 말을 하나, 하나 새겨가며 듣는다. 예를 들어, 누군가가 여행을 좋아한다거나 요리를 잘한다고 하면, 그전엔 그 사람이 어떤 말을 했는지 전혀 기억나지 않지만, 그 말을 한 후의 상황은 또렷하게 기억하게 된다. 그가 하는 일이 TV 드라마 같은 데에 나오면, '그도 저렇게 일하겠구나' 하면서 배우에 그를 대입시켜 환상을 본다.

울지 못해서 무릎이 대신 아픈가 보다, 고 말한 적이 있었다. 내 말에 그는 모질지도, 그렇다고 친절하지도 않게 나의 아픔을 무시했다. 무릎의 고통을 얘기하면서 바라던 것은 다만 그가 내 아픔을 알아주기라도 바라는 것이었는데, 그는 그것이 엄청난 욕심인 것처럼 대했다. 내 아픔은 내 고유의 것이지, 전염병이 아닌데 말이다.

스무 살, 어느 한밤중에 무릎의 통증이 폭풍처럼 몰아친 적이 있었다. 홀로 방 안에서 그 아픔을 고스란히 느끼며 견뎌냈다. 약을 찾아, 방안의 불을 켜려고 침대에서 내려오다가 통증 때문에 주저앉았다. 내가 살아있다는 느낌이 그렇게 처절하게 다가온 적이 없었다. 약을 먹고 일시적인 안정을 찾았을 때는 이미 아침이었다. 밤에서 아침으로 넘어가는 긴긴 시간을 아픔에 바쳐야 했다. 그 생생하게 펼쳐지는 아픔이 오히려 날 더욱 영민하게 만들었다고 생각한다.

그가 떠난다는 것은 상상도 못 했다. 당연히 평생 나와 함께 하는 것이라고 생각했다. 둘이 그렇게 절실하게 사랑할 수 있는, 그런 경우가 또 있을 거라는 생각을, 감히 하지 못했다. 그가 떠나고, 나는 사람들과 웃으면서 지냈다. 집으로 돌아오는 길이나 집에 혼자 있을 때도 나는 울지 않았다. 그때부터 1년 동안 나는 내 손을 망가뜨리기 시작했다. 피멍이 채 가시지 않은 손을 또다시 망가뜨리고 하면서 위안을 얻었다. 내 아픔에 대해 낱낱이 분석하면서도 그 이상행동은 쉽사리 고쳐지지 않았다. 그리고 얼마 전 나는 내 손을 또 한 번 망가뜨렸다.

울다가 잠들어서 아침에 일어났는데도 눈물은 그치지 않았다. 기운이 빠져 누워있을 수밖에 없었다. 누워있으면서도 울었고, 수분 부족 때문에 물을 마시면서도 울었다. 지금까지 슬퍼도 흘리지 않았던 눈물을 한꺼번에 흘리는 것처럼. 댐을 무너뜨리고 홍수를 내듯이.

그와의 통화에서 그는 저녁에 전화하겠다고 했지만, 지금까지 우리는 서로 연락이 없다. 애초에 그의 말을 믿지 않았다. 그러나 그가 전화하지 않는 걸 당연하게 여기는 건, 어쩌면 나에게 잔인한 일이다.

마지막 만남에서 그는 나에게서 팔을 빼려고 했지만, 난 "십 분만"하면서 그의 팔에 매달렸다. 그리고 십 분 후 나는 그의 팔을 자유롭게 해주었다. 그의 팔을 풀고 걸으면서 내가 힘없이 혼잣말했던 게 기억난다. "내가 좀 더 예뻤다면 당신이 나를 좋아하지 않았을까?" 그러나 정말 내가 지금의 내가 아니라면, 그를 사랑한다는 건 불가능한 일인지도 모른다. 내가 가진 얼굴이 변할 수 없는 것처럼.

그에게 들려준 이야기가 있다. 아파하는 날 보면서 어머니가 해준 이야기다. 어머니가 어렸을 적 서울에 올라왔을 때, 동네에 미친 여자가 하나 있었다. 지나가는 남자들만 보면, 이리 오라고 손짓하고 철부지 애들에게 돌을 맞기 일쑤였다. 여자가 미친 이유는 한 남자 때문이었다. 여자의 집안은 권위적인 양반 집안이었음에도 불구하고, 하는 수 없이 여자의 부모는 그렇게 반대해서 여자가 잃어버린 연인인 남자에게 부탁했다. 하룻밤만 지내게 해 달라고. 그렇게 한 달이 지나고 남자는 여자를 다시 한번 떠났다. 당연하다. 어느 남자가 미친 여자와 영원을 꿈꿀 수 있겠는가. 어머니가 이야기했을 당시, 나는 정말 사랑 때문에 미친다는 것이 어떤 것인지 알 것 같았다. 어머니는 내 모습에 가슴 아파했지만, 극에 치달아가는 나를, 나도 도저히 붙잡을 도리가 없었다. 그에게 날 미치게 않게 해달라고 했다. 그는 답을 몰랐고, 이미 내가 했던 얘기를 잊어버렸는지도 모른다. 어딘가에서 아파하고 있는 나를 기억해 내는 건, 그에겐 어려운 일일 것이다. 자신의 아픔에 숨 막혀 허덕일 테니까.

그래, 나는 지금 환생한 것이다. 연인과 나는 영원히 살 수 있는 약을 나누어 먹고, 그는 날 매번 잊지만, 나는 잊지 않고 매 생애 그를 찾아내 사랑한다. 사랑하고야 만다.

그가 없는 곳에서 그를 내 속에서 재생시키면서 이 사랑의 방식을 내재화했고, 그것이 그에게서 도망치고 싶었던 이유다. 조그만 자극에도 소스라치는 토끼가, 바로 나다.

2008. 3. 10. 21:31 비공개

그와 마지막으로 본 이후, 숨 쉰다는 것에 대해 새롭게 생각하게 되었다. 나는 호흡하는 것도, 심장이 뛰는 것도 제대로 할 수 없을 것만 같다.

오늘 지하철 정거장에서 그의 뒷모습을 봤다. 정확히 말하면 봤다고, 착각했다. 이런 적이 한두 번이 아니다. 그를 내내 생각하고 있었던 것도 아닌데, 이젠 견딜 만한데, 그를 닮은 뒷모습을 보고 '아, 그 사람과 닮았다'라는 언어적 표현이 머릿속에 떠오르기도 전에 심장이 터질 것 같은 느낌에 사로잡힌다. 눈앞에 그의 뒷모습이, 손만 뻗으면 그의 등이, 그의 팔에 닿을 것 같은 그곳을 도망치듯 나와 건물 사이 어둠 속에서 가슴을 움켜잡았다. 그때만큼 태양이 잔인하게 느껴진 적이 없었다.

통계 수업은 2시 정각에 진행되었고 오랜만에 수학 공식에 매료되었다. 그러나 교수가 한순간 지었던 미소에서 갑자기, 내 온몸에 힘이 빠졌다. 만약 내가 본 것이 정말 그 사람이라면? 그게 환상이 아니라면? 충분히 가능했다. 여긴 그 사람의 학교이면서 나의 학교이기도 하니까. 자연스레 우리가 처음 만난 공간에서 그가 홀로 앉아있는 상상에 빠져들었다. 책을 읽고 있는 그의 모습을 떠올리며 속눈썹 사이에서 흔들리는 눈동자를 한 번 더 보고 싶었다.

창밖으로 눈을 돌렸다. 쓸쓸한 풍경이 날 덮쳤다. 봄이 이럴 순 없다. 적어도 나에게만은.

옛 연인들의 얘기를 꺼내면서 그들을 모두 사랑했노라고 하는 그의 이야기에 십분 공감하면서도 잘 이해되지 않는 것은, 그가 이제까지 했던 사랑 방식과 나와는 다르기 때문이다. 난 한 사람을 잊기 위해 1년을 혼자 있어야 했다. 그리고 또 다른 한 사람을 잊기 위해 6개월 이상을 혼자 있어야 했다. 어떤 사람을 잊어가는 사이에 다른 사람의 존재란 필요하지 않았다. 그 사람과 함께 했던 기억을 오롯이 내 것으로 만들기 위해 홀로 있는 것이 나의 사랑 방식이다. 그렇다고 그의 방식이 이기적이라든가, 틀렸다는 말은 절대 아니다. 사랑이란 순전히 나의 것이지, 어쩔때는 대상이란 매개체 역할로 끝나기 때문이다. 실현의 궁극적 대상이 아니라.

오늘 자정, 오로지 그에 대한 마음만을 담기 위해 채워갔던 노트를 마무리했다. 마지막 줄을 쓰면서 내가 깊은 한숨을 쉬었는지는 모르겠다. 깊은 피로감에 쌓인 것만 분명했다. 이걸 다 채우면 정말 '우리'의 끈이 다하는 것 같아, 일주일 넘게 미뤄뒀던 것을 이제야 완성했다. 다음날 일어났지만, 한동안 눈을 뜰 수가 없었다. 그것이 잠에서 깨어나고 싶지 않은 건지(어제에서 오늘로 넘어가는 것을 거부), 눈이 건조해서 그런

시는 구별이 가지 않는다. 다만 놀라운 건 이젠 눈을 뜨자마자 그를 자동으로 떠올리지 않는다는 것. 거울 앞에서 머리를 빗다가, 거울 속 내가 한없이 낯설게 느껴졌다. 일주일 전과 다른 나를 보면서 '당신은 누구입니까'하고 물어볼 뻔했다. (MMPI - 2 검사 질문 항목 중에 '최근 종종 이상한 냄새를 맡은 적이 있습니까?'에 대한 질문이 뭘 뜻하고 있는지 안다. 이와 마찬가지로, 내가 정말 거울을 보면서 진지하게 누구냐고 물어봤다면, 나는 정신분열 상태에 있는 것이다.) 그리고 그에게 안부 문자를 보낼까 하는 충동이 일었지만, 애써 참아냈다. 그리고 오전을 이리저리 시간에 휘둘리면서 보내다가 오후에 학교 지하철에서 그의 뒷모습을 본 것이다.

수업 시간이 촉박해서 언덕을 빠르게 올라갔지만, 비단 수업 시간 때문만은 아니다. 가슴이 터질 것 같은 느낌의 정당한 이유를 만들기 위해서였다. 가슴을 다독이며 걷는 날 보며 지나가는 어떤 사람들은 왜 저토록 힘들게 이 언덕을 넘으려 하는 것인지 이해하지 못했을 것이다. 그 사람들은 모를 것이다. 유리 지바고는 라라의 뒷모습을 쫓다가 심장이 멈춰버렸다는 것을. (실제로 라라였는지도 확실하지 않다. 라라를 닮은 여자의 뒷모습이었는지도.)

　어제 한 친구가 자신의 인생 이야기를 하면서 눈물을 지었다. 나는 제대로 듣고 있지 않았다. 앞에 있는 이 친구와 키스하면 어떤 느낌일까, 하는 엉뚱한 상상을 하고 있었다. 그리고 정작 그의 앞에선 단 한 번도 이런 생각을 해본 적이 없다는 사실을 깨달았다. 그의 앞에 서 있을 땐 아무것도 생각할 수가 없었다, 그의 앞에서는. 내 살아있는 감각기관이 온통 '그'에게 집중되어 있어서, 그의 목소리가 들려주는 이야기에도 집중할 수 없었다. 그는 그런 나를 보고 "대화가 튄다"라고 표현했지만, 그러기 전에 내 눈을 한 번만 들여다봤으면, 내 눈 속에서 스스로 불이 되어 타고 있는 작은 나를 발견할 수 있었을 텐데.

　이렇게 사랑 이야기를 기록하는 이유는, 나 스스로 이 사랑에 대해 책임지고 싶어서이다. 그리고 병적인 이 감정을 규정하면서 자유로워지기 위해서다. 하지만, '사랑 노래만큼은 사라지지 않았으면 좋겠어.'

2008. 3. 3. 23:11 비공개

부끄럽고 힘들고 깨어진 꿈들 속에서도

아직은 아름다운 세상이다.

— 막스 에르만, 「잠언 시」 중

웅, 아직은 아름다운 나이다.

2007. 12. 13. 21:34 비공개

추워서 꼭 닫아 놓은 창문으로 비 냄새가 스민다. 세상엔 작은 틈이라도 발견하면 이렇게 파고드는 존재들이 있다. 고통을 수반하더라도 사랑하는 대상과 어떤 형태로든 모든 관계를 맺길 갈망하는 영혼의 쓸쓸함은 어떤 것일까. 사랑은 있지도 없지도 않은 것의 대표적인 형태다. 사랑은 그 형태를 쉴 새 없이 바꾸므로 하나의 이름을 붙여줄 수 없다. 그러나 그 변화무쌍함으로 위대함을 증명하고 있으니 없다고 할 수도 없을 것이다. 거대한 도넛의 홀처럼 거부했다가는 그 무게가

실로 엄청나 비웃음만 사게 될 것이다. 오랫동안 처절하게 외롭고 마음 아팠을 미스 아밀리아(소설 『슬픈 카페의 노래』의 주인공)여, 사랑을 잃고 허름해진 카페 계단에 쪼그리고 앉아 영원히 너의 사랑을 기다리며 늙은 별처럼 공중에서 흩어지기를.

길을 잃은 걸까,
애벌레 껍질 안에 갇힌 걸까

벌을 받고 있는 걸까?

막상 퇴원할 때는 아무 생각이 없었다. 그러나 의사 처방대로 집에서 가만히 있기 위해 넷플릭스 속 미드를 한참 보고 있을 때, 그런 생각이 들었다. 우리가 경험하는 모든 것에 원인과 결과가 있다면, 내 폐엔 왜 또 구멍이 난 것일까? 10대 남성들이나 흡연자들에게 주로 발생한다는 기흉은 나에게 8년 전에 한 번, 시험관 시술을 시작하면서부터는 빈번하게 발생했다. 내가 추측한 원인은 몇 가지가 있다.

첫 번째, 스물셋에 잠깐 앓았던 폐렴 때문에 폐에 상처가 남았기 때문에. ㅡ엑스레이에서도 하얗게 보인다.

두 번째, 대학 다닐 때 문학 동아리를 많이 했는데, 그때에는 실내에서도 사람들이 담배를 자주 피웠다. 아마도 간접흡연으로 인해 폐에 상처가 많아진 것일 수도. ―기흉 수술을 하고 나서 수술 집도의가 나에게 와서 수술 과정에 대해 얘기할 때, 담배 피운 사람의 폐와 같다고 했다.

세 번째, 여성 호르몬 과잉으로 인한 월경성 기흉일 수도 있다. ―생리가 시작할 때 기흉으로 인한 통증을 처음 느꼈다. 만약 그렇다면, 생리할 때마다 심하지 않은 미세기흉이 발생했을 가능성이 높다.

유력한 세 원인이 나에게 복합적으로 작용했을 가능성이 높은데, 이 세 가지 중 어느 것 하나도 내가 바꿀 수 없다. 첫 번째와 두 번째 원인은 과거의 일이고, 세 번째는 즉각적인 해결 방법으로는 피임약으로 호르몬을 낮추는 방법이 있지만, 일시적일 뿐 아니라, 아이를 갖고자 하는 나에게는 적절하지 않다. 그렇다고 호르몬 처치로 인해 매번 기흉이 걸리는 것도 아니니, 이 방법을 쓸 순 없다. 여성 호르몬 과잉이 환경 호르몬일 수도 있기 때문에 환경 호르몬을 낮추는 중장기적인 해결책으로는 충분한 채식과 수분 섭취 등이 있다. 그런데 몇 년간의 경험으로 몸이 좋아지는 느낌은 들지만, 그게 호르몬에 영향을 줄 정도는 아니었나 보다.

그런데 정말 내가 추측한 원인이 맞긴 한 걸까?

증상은 분명한 형태로 나타나나 그 원인은 명확하지 않다. 그래서 미드의 닥터 하우스가 천재고, 괴짜로 행동할 수밖에 없는 것이다. 수많은 변수를 고려하고 병원을 추측하는 건 현실에선 실현 불가능하다. 그래서 의학은 증상을 완화하거나 제거하는 방향으로 발전했으며, 개인마다 가지고 있는 근본적 원인에 대해선 오랫동안 침묵했다.

내가 아플 때마다 주변 사람들이 저마다의 원인을 추측한다.

밥을 조금 먹어서 그런 거 아니냐, 하는 것부터 체질이 약한 거 아니냐, 생각이 너무 많아서 그런 거 아니냐는 등 다양한 추측이 나온다. 아주 자연스러운 반응이다. 병이라는 통제할 수 없는 결과를 마주했을 때 나름의 원인을 찾아야 그 병을 통제할 수 있을 것 같은 착각을 경험할 수 있기 때문이다. 통제할 수 있는 느낌은 안정감과 일치한다. 그렇기 때문에 우리는 안정하기 위해 원인을 찾는 데에 익숙한 것이다. 안정하지 않으면, 계속 긴장된 상태로 있을 수밖에 없다. 그런데 문제는 이건 그들과 상관없는 내 문제라는 것이다. 나도 원인을 찾아 통제하고 싶지만, 가능하지 않다는 걸 경험을 통해 알게 되었다. 다른 사람들에 비해 그 안정감을 찾게 했던 통제의 착각이 금세 깨진 경우가 잦았고, 무력감을 느끼고 고통 앞에서 작아지는 걸 경험했다. (그렇다고 밥을 많이 먹고 체질이 강하면서 생각이 별로 없고 건강하기만 한 사람이 되고 싶지도 않다.)

그런데 그 원인을 추상적으로, '나'에게 돌린다면?
내가 이 병을 이끌고 온 것이라면?

구체적이든 추상적이든 다양한 추측이 가리키는 방향은 한 곳, '나'다. 원인이 나에게 있기 때문에 내가 이 문제를 해결할 수 있다고 생각하게 한다. 그런데 나는 '나'의 어떤 특징이 병에 기여했는지 정확하게 판단을 내릴 수가 없었다. 추측하고 그에 해당하는 여러 시도를 해봤어도 소용없기 때문이다. 그래서 나는 벌을 받는지도 모른다고 생각하기에 이르렀다. 정확하게는, 사람들이 나를 그렇게 바라볼지도 모른다고 여긴다. 사려 깊지 않은 한 마디에 그 추측을 사실로, 정당한 것으로 강화한다.

통증을 벗어나 고요한 시점에 이르러서는 다시 찾아올지 모르는 병을 두려워한다. 막상 병이 찾아왔을 땐 초연해져 잘 대처하다가 몸이 좀 불편할 정도로 나아지고 사람들이 한 마디씩 던지고 떠난 뒤 내가 경험한 상황을 돌이켜보면 또다시 두려워한다. 비현실적인 두려움인 것 같으면서도 현실적이기도 한 것이라, 뭐라 규정하기엔 혼란스럽다.

지독하게 아프고 나면, 그런 생각이 들기도 한다. 이 정도의 고통 뒤엔 어떤 보상이 있어야 공평하지 않나 하는. 시각을 잃은 사람이 청각이나 촉각이 민감해지는 것과 같이. 큰 고통을 경험하거나 건강을 상실한 뒤엔 혜안이 생긴다거나 남들이 이해하지 못하는 다른 감각, 식스센스 같은 것을 갖게 되어야 하지 않을까.

실상은 겁에 질려 구석에 웅크리고 가까운 미래조차 잘 떠올리지 못하면서.

점차 미래를 상상하는 게 어렵다. 아주 가까운 미래도 생각하는 게 어렵다. 예를 들어서 식당으로 걸어가면서 식당에서 밥을 먹고 있는 나를 상상하기가 어려울 지경이 되었다. 나를 제외한 것에 대해선 상상하는 게 어렵지 않은데, 나에 대해선 상상하는 게 어렵다. 자유롭게 나를 바라볼 수가 없다.

　우리가 아픈 기억에서 자유로울 수 있을까?

　만약 우리가 최선을 다해 그 기억이 재현되지 않게 애를 썼는데도 다시 만나게 된다면?

　뒤를 돌아보지 않고 먼 길을 내달려왔는데도, 간절히 벗어나고 싶었던 그곳에 와 있다면?

　최근 뇌 의학-심리학 연구에 따르면, 인간의 몸은 뇌가 지배하는 역할이 아니라, 다양한 장기가 뇌에 정보를 보내고 받는 등 상호작용을 한다. 규칙적인 심장 박동 수가 뇌에 안정감을 느끼라는 신호를 준다는 연구 결과도 있고, 뇌에서 분비되는 세로토닌의 양보다 장에서 분비되는 세로토닌의 양이 더 많아 장이 건강하면 약한 정도의 우울은 경감될 수 있다는 연구 결과도 있다. 뇌에서 보내는 신호로 장기들이 반응할 뿐 아니라, 능동적으로 장기들이 뇌에 신호를 보내기도 하는 것이다.

오른쪽 목과 어깨, 가슴이 아프면서 숨이 끝까지 쉬어지지 않고 막힌다는 느낌이 들었다. 기흉일 수도 있다는 생각이 들었지만, 병원에 가기 싫었다. 일주일을 그렇게 있다가 나아지는 게 없어 포털 검색으로 찾은 호흡기 내과에서 기흉이라는 진단을 받고 대학병원 응급실에 갔다. 병원에서 만 하루 동안 산소 호흡기를 끼고 있다가 다음 날 오후에 퇴원했다. 완치가 된 건 아니지만, 흉관 삽입은 하고 싶지 않아 집에서 가만히 누워있기로 했다. 퇴원을 하고 집으로 돌아와 밤마다 불안감이 찾아왔다. 말 그대로 찾아오는 것 같았다. 숨쉬기가 어렵고 답답하다고 느낀 순간, 단숨에 정신이 아득해져 왔다. 무슨 생각을 했던 것도 아닌데, 그렇게 됐다. 강력한 불안감에 압도되었는데, 공황과는 달랐다. 공황은 뇌가 위험을 과잉 지각해 신체적 증상을 만들어내는 것이라면, 내 경우엔 폐가 뇌에 신호를 보내 불안을 만들어내는 것과 같았다. 숨쉬기가 답답해 그에 맞는 감정, 불안감을 만들어내는 거다.

요즘 자꾸 피곤한데, 잘 때마다 꿈을 많이 꾼다. 지난밤 꿈 속에서 나는 온통 하얗게 눈 덮인 산속을 홀로 걷고 있었다. 길을 잃었다고 생각한 순간에 한 사람이 나타나 길을 안내해

주었다. 나의 목적지, 드디어 내가 쉴 곳에 도착해, 감사하다고 말하려 주위를 둘러봤지만, 거기엔 아무도 없었다. 나는 그 사람을 찾으러 가야겠다고 생각했지만, 이미 날이 저물고 나 또한 지쳐서 다음 날 그 사람이 있을 거라 예상 가는 곳에 가기로 했다. 소리마저도 삼켜 버린 설원에서 나와 동행했던 사람은 대체 누구일까? 꿈속에서도, 꿈에서 깨어나서도 짐작조차 할 수 없었다.

애벌레가 나비가 되어 날아가기 위해선 애벌레 껍질 안에서 발버둥 치는 시간이 필요하다. 어쩌면 나도?

누가 절망하지 않을 수 있을까

일요일 아침에 들른 병원에서 검사한 호르몬 결과 수치가 높아, 급하게 다음 날 월요일 오전에 시험관 시술을 받게 되었다. 병원의 연락을 받은 건 점심을 먹으러 나온 식당에서였다. 숙대 입구 근처였는데, 병원이 서울역 근처여서 병원에 들른 후 숙대 입구 근처의 교회에서 예배를 드리고 식당에서 밥을 먹기 위해 음식을 시켜 놓고 기다리는 중이었다. 전화에서 간호사는 지금 빨리 난포 터뜨리는 주사를 2개 전부 다 놓으라 했다. (시험관 시술을 할 때는 주사를 놓는 것도 나고, 맞는 것도 나다. 평소에는 보통 간호사가 주사를 '놓고', 내가 '맞는데', 이걸 내가 다 하니 기분이 묘하다. 팀플을 혼자 하는 느낌이랄까.) 전화를 끊고 식당 화장실에 가서 배에 주사를 놓았다. 한쪽에 두 대 다 놓아도 된다고 해서 소독한 김에 왼쪽에다가 다 놨는데, 병원에서 주사 맞은 거까지 하면 왼쪽에만 주사 세 대를 연달아 맞은 거라 바늘 통증이 점점 심해졌다. 그런데 주사 한 대만 맞은 오른쪽 배도 같이 아픈 걸 보니, 주사 때문이 아니라 약물 반응인 것 같기도 했다. 피 검사하느라 왼쪽 팔에 꽂은 바늘 자국은 잘 없어져서 다행이다. 검사하는 분이 오른쪽 팔에 멍든 걸 보고 신중하게 주삿바늘을 빼자마자 꽉 눌러줘서 괜찮았던 것 같다. 애처로워하는 눈빛을 나에게 보낸 것만으로도 위로받았다.

월요일에 생각보다 긴 기다림 끝에 수술실에 들어가게 됐다. 수술복을 입고 머리에 망을 쓰니 거울 속 내가 바보 같아 보였다. 수술실에 들어가기 전에 수술 바늘을 꽂는데, 내가 간호사에게 혈관이 약해져서 어려울 거라고 했더니, 신중하게 꽂아주었다. 개인적인 경험으로 사전에 경고하지 않으면 꼭 여러 번 바늘을 꽂아보다가 실패한다. 최고 기록이 일곱 번이다. 수술용 바늘은 매우 커서 아픈데, 그걸 혈관에 대고 잘 안 된다면서 간호사가 쑤셔댄 적이 있다. 그땐 수술을 앞두고 공복에 흉관 삽입한 채로 간호사가 그런 실수를 하는 거라 너무 힘들어 화가 났지만, 결국 화는 못 냈다. 처음으로 수술과 입원을 해보는 거라, 혹시 불이익을 당할까 봐 참았다. 지나고 보니깐 그 간호사가 일곱 번 실수하기 전에 다른 경험 있는 간호사를 불러달라고 했으면 나도 덜 고통받지 않았을까 후회했다. 그 뒤로 바늘에 대한 공포가 좀 생겼다. 팔굽혀 펴기를 하면 좀 나을까 했는데 별 소용이 없다. 수술을 많이 받은 사람은 혈관이 예민해져서 얇아질 수도 있다는데, 그래서 그런 건지도.

수술실에 누워 마취를 받기 전에 나와 비슷한 또래의 주치의가 내 손을 잡아주었다. 내 손을 잡은 주치의의 손이 따뜻하고 부드러웠다. 주치의에게 혹시 난자 채취 후 수정이 2개 이상 되면 이달에 이식까지 진행했으면 좋겠다고 했다. 대화 후에 마취제가 링거를 통해 내 팔에 전해지면서 뻐근한 느낌이 들었다. 짧은 순간, 두려웠다. 내가 의식을 잃는다는 것, 육체는 그대로 있는데 인식하는 나는 사라진다는 것이 두려웠다. 그대로 내가 사라질까 봐.

눈을 떴을 때는 회복실이었다. 좁은 공간에 나 혼자 있는 것이 평안하게 다가왔다. 오른쪽 검지에는 맥박을 측정하는 기계가 연결되어 있었고, 왼팔에는 혈압을 측정하는 기계가 연결되어 있었다. 꿈을 꾸지도 않았는데, 좋은 꿈을 꾼 것 같은 느낌이었다. 수술대에 누워 정신을 잃기 전 마지막으로 느꼈던 두려움은 사라진 지 오래였다. 명상을 끝내고 난 뒤에 느끼는 평안함 같은 것이 느껴졌다. 세상이 이렇게 적당히 따뜻할 수 있구나. 간호사는 눈 뜬 나에게 다가와서 앞으로 40분 더 회복하고 일어날 거라고 알려줬다. 가끔 이렇게 정신을 차리고 가만히 누워있을 때, 막 수술실에서 마취가 덜 풀린 채로 나온 사람들이 괴상한 소리를 지르는 걸 들을 때가 있다. 간호사들은 이런 사람 여러 번 봤다는 듯이 한숨을 쉬며 "환자분, 가만히 계세요. 여기 병원입니다"라고 말한다. 그 경험을 통해 마취하고 기억이 나지 않는다 하더라도 시험관 시술이 매우 아픈 거라는 걸 알게 됐다. 물론, 난임 관련 다큐멘터리에서도 난자 채취를 위해 수면마취를 한 사람이 고통에 신음하는 걸 본 적도 있다. 기억하지 못하더라도 몸은 통증을 느끼는 것이다.

회복실에서 나오면서 링거 바늘을 뽑고 그 위에 대일밴드를 붙이는데, 간호사가 약간 빗나가게 밴드를 붙이는 것 같았다. 그러려니 하고 회복실을 나오는데, 오른팔에 차가운 것이 흐르는 느낌을 받았다. 피로 팔이 적셔지고 있었다. 시술을 위해 대기실에서 기다리고 있던 사람들이 나를 보고 놀랐다. 안 그래도 시술 전이라 긴장하고 겁먹었을 텐데, 내가 일조한 것 같았다. 간호사는 알코올 솜으로 내 팔을 닦아주고 다시 대일밴드를 제대로 붙여주었다. 다행히 다시 피가 날 일은 없었다. 옷을 갈아입고 머리의 망을 벗고 보니 머리가 엉망이었다. 머리에 물을 묻혀 정리하고 마지막으로 화장실 한 번 더 들러주고 밖으로 나왔다. 신랑은 탁자에 노트북을 올려놓고 일하고 있었다. 나는 신랑이 자리를 정리하고 오길 기다리면서 정수기 앞에서 거기 놓여져 있는 감잎차 티백 두 개를 주머니에 넣었다. 이 병원 감잎차가 참 맛있는데, 수술 전에는 금식해야 해서 못 먹는다. 그래서 수술 전 내 거 하나, 수술 후 내 거 하나 해서 두 개를 챙겼다.

비용을 계산하기 위해 접수대 앞에서 순서를 기다리고 있었다. 어젯밤 신랑이 그러는데, 접수대에서 우리 뒤에 있던 커플 중 여자가 울면서 남자에게 이번에는 난자가 6개 밖에 나오지 않았다고 하는 걸 들었다고 했다. 난 지금껏 어렵게 세 번을 채취했지만, 난자 촉진 주사를 맞아도 2개, 대부분 하나였다. 오늘은 하나였다. 그래서 이번 달에도 이식까지 못 가고 동결로 진행해야 했다. 하나를 얼리든, 10개를 얼리든 동결 비용은 동일하다. 6개가 나온 그 여자나 나나 비용은 똑같으니, 오히려 내가 억울하지 않을까 싶었다. 나는 신랑에게 그 이야기를 듣고 "사실 하나든 6개든 10개든 상관없어. 성공만 한다면야"라고 말했지만, 쓸쓸한 마음은 어쩔 수가 없었다. 가능성, 확률 싸움에서 이미 난 밀렸다. (난자 여섯 개 채취했다고 우는 그 여자는, 시험 문제 하나 틀려서 전국 등수에서 떨어졌다고 우는 전교 1등 같은 느낌이었다. 그러나 그 간절한 마음은 누구보다 이해한다.)

접수대 앞에서 잠시 기다리면서 보니, 접수대 앞 소파에 누워있는 여자가 보였다. 시술 중에 가장 힘든 게 난자 채취하는 것이니, 아마도 저 여자분은 난자를 채취하고 아파서 누워있는 걸까? 아니면, 수정란 이식을 받고 잠시 누워있는 걸까? 기흉에 걸려 숨이 가빠 올 때도 난 주목받는 게 싫어서 누워있던 적은 없었다. 내 상황을 사람들이 눈치채지 못하게 내 안으로 감추는 게 내 특기이기도 하다. 그래서 오래가는 것 같기도 한데, 모르겠다.

난자 채취를 한 뒤에는 배에 날카로운 통증이 며칠간 있다. 콩보다 더 작은 난자를 내 뱃속에서 억지로 끄집어내고 5일간 항생제를 먹어야 한다. 안에 상처가 있나 보다. 통증 외에 출혈도 있다. 시험관 시술은 의학 발전의 정수를 보여주는 것 같다. 비밀스럽게 진행되었던 인간 탄생의 순간은 만천하에 다양한 전문가들의 손을 거쳐 단계적으로 진행한다. 난자, 정자 개수가 몇 개인지 이야기 나누고 수정은 난자와 정자의 주인 사이에서 벌어지는 게 아니라, 인위적으로 진행한다. 수정란을 동결해서 세포의 시간을 멈춰 놓는다. 그리고 만 35세 이상과 미만에 따라 이식받을 수 있는 수정란 개수가 달라진다. 만 35세 미만은 한 번의 시술에 2개의 수정란을 이식할 수 있고, 만 35세 이상은 3개까지 가능하다. 작년까진 만 35세 이상은 4개까지 가능했는데, 올해 변경되었다. 동결해놓은 수정란을 해동하는 과정에서 수정란을 잃기도 하니, 막상 이식에 필요한 개수를 나와 같은 사람이 달성하기란 매우 어려운 일이다. 그렇기 때문에 난 다른 이들에 비해 난자 채취를 더 자주 해야 하고, 그만큼 위험에 노출될 수 있다. 그러나 이젠 점점 호르몬 분비가 저하되어, 채취마저도 어렵다. 비용도 만만치 않아서 정부 지원을 받지 못하게 되면 더 지속하기는 어려울 것이다. 그래, 아이가 없다고 해서 내 삶이 가치 없는 것은 아닐 테니, 괜찮을 거다.

시험관 시술을 자연스럽지 못하다고 생각할 수 있다. 자연스럽다, '자연-스럽다'의 '자연'은 대체 뭘까?

자연의 입장에선 인간의 생로병사를 모두 자연스럽게 받아들여야 한다. 그러나 실상 우린 생로병사 중 '생'에 있어서만 자연스러움을 강요할 뿐, 우리가 늙고 병들고 죽는 것에 대해 자연스럽게 받아들이지 않으려 한다. 늙고 병들고 죽지 않기 위한 공부와 실천을 멈추지 않는다. 여기에서의 자연은 수동적으로 바라본 자연이다. 대지와 하늘-있는 그대로의 지구. 그러나 지구는 딱히 인간에게 관심이 없어 보인다. 그래서 인간을 태양 볕으로 죽게 하고, 추위로 죽게 내버려 둔다. 인간의 생로병사에 관여하지 않는 게 자연의 입장이다. 아니, 자연은 인간을 자신을 갉아먹는 암이나 박테리아로 여기는지도 모른다. 우리가 암을 대할 때의 태도처럼 자연도 인간을 그렇게 대하고 서서히 죽이고 싶은지도. 그러나 지금까지 살아남은 인간은 슈퍼 박테리아같이 점점 강해져 지구를 병들게 하면서도 지독하게 오래 머문다.

그렇다면 시공간을 초월한 의미로서의 자연으로 바라보면 어떨까? 우리가 '신의 섭리'라고도 부르는 일이 일어나며, 목격하지 못한 평행 우주나 다차원까지도 포함하며 아직 우리가 알 수 없는 영역 – 현재 우주라고도 하는 그 영역을 넘어서는 자연으로 말이다. 광의의 자연의 입장에선 시험관은 물론이고 인간의 유전자 조작과 신체 개조 등의 과학적 활동 또한 자연스러워 보일 것이다. 우리에게 사고의 확장이 가능한 뇌를 주었기 때문이다. 우리가 스스로 성장한 것 같지만, 자연 입장에선 그 또한 주어진 것이다.

이런 이야기를 늘어놓는 이유는 종교적인 이유나 자기 맘대로 시험관 시술이나 임신중절 시술을 '자연스럽지 못하다'는 이유로 반대하고 욕하는 사람이 있기 때문이다. 신과 자연, 종교마다 동일한 개념으로 쓰기도 하고, 분리해서 위계적으로 사용하는 개념인데, 어느 쪽이든 신이 허락하지 않았다거나 자연스럽지 못하다고 반대하는 사람은 그 근거와 그 근거에서 내가 생각하는 신은 어떤 존재인지, '자연스러움'의 범위는 어느 정도인지 점검해보길 바란다. 어느 의견이 맞고 틀리고는 아니다. 오히려 시대에 따라 그때는 맞고 지금은 틀리거나, 그때는 틀리고 지금은 맞을 뿐이다. 우리는 우리가 살고 있는 시대를 뛰어넘는 사고를 할 수 없고, 미치지 않는 한, 무슨 생각을 해도 동시대적 사고의 틀을 벗어나지 않지만, 그래도 맘껏 생각해보자. 내가 가지 않았거나 가지 못할 길을 걷는 사람들을 상상으로 이해해보려고 노력하는 건 어떨까? 간접 경험으로도 인식의 틀을 넓히는 것이 우리 호모 사피엔스의 특징이니, 종의 능력 발휘를 해야 하지 않을까.

오늘 아침에 일어나자마자 핸드폰으로 네이버에 '난임 다큐'로 검색해 난임에 대해 다룬 다큐멘터리 영상을 보게 되었다. 대한민국 여성의 생물학적-사회적 위기를 짧은 시간에 잘 다루었다. 가임력이 높은 20대 시절에는 아이를 가지지 않고 사회적 역할을 수행하기 위해 노력하고, 약간의 기반을 마련하고 아이를 가지려 하는 30~40대에는 난임으로 고생한다. 20대에 스트레스를 많이 경험해 심신에 타격을 받았다면, 30~40대에는 그 대가를 치르게 된다. 내 잘못도 아닌데, 대가는 내가 감당한다. 그렇다고 아이를 낳고 키운다고 해서 해피엔딩이 기다리고 있는 건 아니다.

누가 아이를 낳을 수 있을까?

간절히 원하면 될 거라고 믿고 지금 이 순간에도 자신을 불사르는 사람들이 얼마나 많은지 모른다. 노후까지도 포기하고 시술을 받는 사람들, 쉼 없이 아이에게 헌신하는 사람들……. 그들을 대상으로 형성된 산업은 또 얼마나 번창하고 있는가.

스트레스 상황에서 내가 주로 쓰는 방어기제는 '이지화'다. 감정을 나와 분리해서 대상화하는 방법을 사용한다.

> 이지화(intellectualization)는, 사고는 의식되지만 감정이 없는 상태를 말한다. 이 용어는 고립, 합리화, 의식(ritual), 취소(undoing), 받은 대로 되돌려줌(restitution), 신비적 사고 등의 기제들을 포괄한다. 세부 기제들은 서로 다르지만, 보통 한 묶음으로 나타나곤 한다. 불편한 감정에 집중하지 않기 위해 감정과 자신을 분리해, 생각의 늪으로 도피하는 것이다.
>
> 조지 E. 베일런트, 『성공적 삶의 심리학』

방어기제 층위에서 신경증적 방어기제로 분류하곤 하는데,

양날의 검과 같기 때문이다. 이지화를 과하게 사용하면, 유보된 감정들이 강박의 형태로 나타날 수 있기 때문이다. 유보된 감정이 독으로 삶에 침투하는 것이다. 이지화는 전 연령대에서 나타나는 방어기제라 할 수 있다. 이지화를 많이 사용하는 아이들은 또래에 비해 성숙하다는 평가를 자주 받곤 하는데, 성숙한 태도에 강박 행동이 수반하는지 함께 살펴보아야 한다. 눌러왔던 공격성이나 불편한 감정을 드러내기가 겁난 아이가 어른들이 칭찬하는 '영민함'으로 드러내며, '강박 행동'으로 자신의 감정을 표현하고 있을 수 있기 때문이다. 이런 아이들에게는 안전하게 감정을 드러낼 수 있는 대상이 필요하다. 그건 어른도 마찬가지겠지만.

방어기제를 하나만 쓰는 사람은 없다. 여러 층위의 방어기제를 고루 사용하게 되는데, 주로 사용하는 것들이 있을 뿐이다. 내가 사용하는, 성숙한 기제들로는 유머, 예상, 억제, 승화가 있는데, 그 외의 성숙한 기제는 이타주의가 있다. 앞으로는 이타주의를 포함해 성숙한 방어기제를 사용하기 위한 의식적인 노력을 하고 싶다.

블랙스완 글쓰기로 나의 방어기제를 살펴볼 수가 있는데, 두드러지는 건 이지화와 승화다. 글을 쓰는 자체만으로도 글을 쓰기 전에는 견딜 수 없을 것만 같았던 일들에 대해 견디는 힘을 가지게 되고, 가끔 글쓰기를 마치고 나면, 만족감을 경험한다. 내 감정을 인식하고, 인정하고, 수정하기도 하면서 의미를 찾을 때도 있다. 이 과정을 '승화'라고 부를 수 있다. 그리고 글에서도 자꾸 감정을 배제하려는 이지화가 나타나는데, 글이 나에게 주는 유익한 점은 내가 처한 상황과 내 감정을 외면하지 않고 바라보게 한다는 점이다. 글을 통해 나는 이지화하려는 노력에는 결과적으로 실패한다. 내가 외면하거나 억눌러왔던 감정을 마주하기 때문이다. 그래서 블랙스완 글쓰기를 하면서 강박적 사고나 행동으로 이어질 수 있었던 것이 내 안에서 저절로 밖으로 흘러 나간다고 느낀다. 절망하지 않을 수 있게 내가 가냘프게나마 삶에 매달릴 수 있는 건 글이다. 글쓰기는 내가 어제를 견뎌 오늘을 맞이할 수 있게, 고통으로 끊어질 뻔한 시간의 틈을 이어주었다.

있는 그대로 받아들여
지금-여기에 머무르기

삶이 딱딱하게 쌓아져 간다.

괴롭다고 생각하다가 이 괴로움이 어디서 오는지 살펴보니, 혼자라는 외로움에서 오는 것이었다. 난임 병원에 가서 의사에게 안 좋은 소식을 전해 듣고, 배에 주사를 놓다가 잘못해서 멍이 들기도 하고, 호르몬의 영향으로 몸뿐만 아니라 마음 상태도 변화하는데, 시술 후 눈을 뜨면 나 혼자 누워, 이전 과정에서 오롯이 나 혼자라는 생각이 든다. 고통은 우리가 모두 혼자라는 인식을 명료하게 하게 만든다. 그런데 어느 누구도 혼자가 아닌 사람이 없다. 기독교적 표현으로는, 모두 각자의 십자가를 지고 걸어가는 것이다. 거기에까지 생각이 미치자, 혼자라는 인식에 더 이상 괴롭지 않았다. 내가 만들어낸 추가적인 정신적 고통만큼은 사라지고, 생각의 무게가 가벼워지는 것을 느꼈다. 그리고 어떻게 지속적으로 생각의 무게를 가볍게 할 수 있을까 하다가 혼자서도 할 수 있는 명상 과제에 도전해보기로 했다.

깊은 수준의 명상에 도전한다기보다 매일 실천할 수 있는 데에 초점을 맞추고 진행해보기로 했다. 최근 스마트폰 앱으로 나온 명상 앱이 여럿 있는데, 그중 무료로 이용할 수 있는 '카카오같이가치'를 이용해보았다. (카카오같이가치는 웹사이트여서 스마트폰 대기 화면에 추가해서 앱처럼 실행할 수 있다.)

명상 1일째
1. 마음보기 연습 기초 1
토요일에 시작. 첫날이지만 처음치고 잘 집중할 수 있었다. 나의 호흡을 있는 그대로 바라보기. 그런데 가이드 음성 마지막에 '내가 있는 공간을 나에게 끌어온다'는 게 무슨 의미인지 잘 모르겠다. 어떻게 하라는 건지 이해가 되지 않는다.

2. 자애 명상

진에 여러 번 해봤던 거고 3분이라는 짧은 명상이라 그런지, 수월하게 잘 된다. 한 사람을 떠올리고 그 사람의 안녕과 행복을 바라는 명상이다. 그 대상에게 긍정적인 바람을 하는 것만으로도 내 기분이 평안해진다.

명상 2일째

1. 마음보기 연습 기초 2

두 번째는 3월 19일 화요일에 했다. 이틀째 핸드폰을 실행하지 않고 혼자서 해보다가 다시 카카오같이가치로 해본다. 오늘은 해야 할 일이 있어서 그런지, 일어나자마자 생각이 많고 마음챙김 명상을 하면서도 호흡에 집중하다가 잠시 딴생각을 하곤 했다. 혼자 할 때는 그냥 딴생각으로 가곤 했는데, 안내에 따라 하니 다시 호흡에 집중할 수 있다는 차이점이 있다.

2. 스트레스 명상

스트레스를 받을 때의 내 감각에 집중하고 스트레스를 거부하는 게 아니라 있는 그대로 받아들이기, 스트레스를 받아들이면서 내가 스트레스 자체가 아니라 스트레스보다 큰 존재임을 인식하기. 나는 스트레스를 받을 때 눈과 눈 안쪽 머리로 오고, 목덜미가 아프고, 턱에 힘을 준다. 호흡도 한숨 쉬듯 간헐적으로 크게 쉰다.

3. 걷기 명상

이건 그냥 걸으면서 가능한 명상이 아니라, 땅에 닿는 발바닥의 느낌, 관절의 움직임 등을 세심하게 느껴야 하므로 출퇴근하거나 이동하면서 하기에는 적합하지 않다. 그럴 때는 출퇴근 명상이 있으니 그게 적당하다.

명상 3일째

1. 마음보기 연습 기초 3

이틀째 들었던 오디오를 끝까지 듣지 않아 다시 이틀째부터 들어야 했다. 하는 수 없이 이틀째 명상 오디오를 작게 틀어놓고 침대방에서 나와서 커피를 마셨다. 오늘 마음챙김은 식탁 앞에서 앉아 시행했다. 아침에 일어나자마자 유튜브로 난임 다큐를 봐서 그런지 마음이 슬프고 혼란스러웠다. 많은 생각이 스쳐 지나갔는데, 마음챙김은 생각을 지우는 것이 아니라, 그대로 바라보는 거라는 안내에 안심이 됐다. 평소에는 내 생각을 그대로 나인 것처럼 경계 없이 여기는데, 마음챙김을 통해 내 생각을 지켜보면서 나와 분리하고 있다. 나는 생각이 지나가는 통로일 뿐, 생각 그 자체가 아니라는 인식을 한다. 지금, 여기에 집중하게 하는 연습이 되고 있다. 그러나 마음챙김을 하면서 내 호흡이 불안정함을 느낀다. 기흉인지 공황인지 모르겠지만, 숨을 쉬는 내내 갑갑하고 그러다가 이따금 한숨을 크게 한 번씩 쉬게 된다. 지난밤 신랑이 한 말도 기억났다. 난자 채취 시술을 받고 나와 결제하려고 하는데, 우리 커플 뒤에서 어떤 한 커플 중 한 여자가 울면서 남자에게 이렇게 말했다. "이번엔 난자가 6개밖에 나오지 않았어." 난 하나만 채취하고 나오는 길이었다. 그 하나도 공난포일지도 모른다. 나는 그 이야기를 듣고 신랑에게 "난자가 하나든 6개든 10개든 상관없어. 되기만 한다면야"라고 말했지만, 씁쓸한 마음은 어쩔 수가 없었다.

명상 4일째

1. 대중교통을 이용하여 출근하거나 등교할 때

집에서 명상할 시간이 없어 지하철에서 이어폰을 귀에 꽂고 했으나, 마음보기 연습 기초는 지하철에서는 적합하지 않았다. 외부 자극이 너무 많기 때문에.

그래서 마음보기 연습 기초는 도중에 끄고 '대중교통을 이용하여 출근하거나 등교할 때'를 했다. 내가 있는 지하철 내에서 나에게 불쾌함을 주는 사람들 – 냄새, 소란스러움 등을 불쾌하다는 감정으로 넘어가는 과정을 알아차리고 나를 지켜본다. 옆 사람 목소리가 크구나, 하면서 나와 그 사람(들)을 인식하니깐 불쾌한 감정이 더 커지지 않았다. 그리고 저 사람을 나에게 피해를 주는 어떤 것이 아니라, 하나의 인격체로 바라보니, 이 소음을 친구나 가족이 떠드는 것처럼 인내할 수 있었다.

명상 5일째

1. 마음보기 연습 기초 4

마음보기 연습 기초 4일 차를 침대 위에서 했다. 아침에 일어나자마자 이따 만나 뵙기로 한 분에게 보여드려야 하는 문서를 만들어야겠다고 생각했고, 간밤에 꿈을 한참 꿨다는 생각과 불편하고 불안한 마음으로 일어났다. 엄마에게 전화해서 엄마 집에 못 간다 하고, 핸드폰 좀 들여다보다가 명상을 시작했다.

오늘은 명상할 때의 느낌, 생각, 감정들에 이름표를 붙였다. 그리고 자꾸 호흡에 집중하는 것으로 돌아와야 하는데, 나도 모르게 생각에 쫓아갈 때가 있었다. 생각이나 느낌을 강아지라고 생각하고, 한 곳에 강아지를 모은다는 상상을 하라고 했다. 한 곳에 강아지를 모아놓아도 호기심 많은 강아지들은 가만히 있지 않고 금세 딴 곳으로 이동한다. 명상할 때 나를 방해하는 생각도 그러한 강아지처럼 애정 어린 눈으로 바라보라는 것 같다. 강아지라는 사랑스러운 존재를 떠올리니 가슴 안이 간질간질하다. 내일은 오늘보다 더 명상에 집중할 수 있기를. 내 숨에만 집중하는 게 이렇게 힘들 줄이야.

명상 6일째

3월 24일 일요일 아침. 피곤하고 교회에 가기 싫어, 일어나자마자 기분이 좋지 않았다. 그래서 마음보기 연습 기초 5일 차를 침대 위에서 했고 마음이 좀 편안해졌다.

명상 7일째

3월 26일 화요일 아침. 알람을 듣고도 더 자다가 늦게 일어났다. 혼자 일하다 보니 규칙적인 생활이 잘되지 않는다. 기분이 약간 다운되는 듯했고, 생각은 내가 해야 할 일들로 복잡해져만 갔다.

마음보기 6일 차를 들으며, 들이마시는 숨에 복잡한 생각을 한껏 들이마시고 내쉬는 숨에 복잡한 생각을 밖으로 내뱉었다. 호흡에 집중하기가 어려울 땐 숨에 숫자를 붙이는 것이다. (내 호흡보다 가이드하시는 분이 호흡 숫자를 빨리 세었지만, 그리로 따라가지 않았다.) 내 호흡이 들이마실 때는 온몸으로 퍼졌다가 내쉴 때는 온몸을 돌고 다시 폐를 거쳐 코로 나가는 걸 상상하며 느끼며 진행했다

하루에 딱 십 분간 생각에서 벗어난다고 생각하며 시행하고 있다.

명상 8일째

1. 대중교통을 이용하여 출근하거나 등교할 때

아침에 지하철 안에서 했는데, 제대로 하지 못했다.

2. 마음보기 연습 기초 7

자기 전에 마보를 하면서 명상 중반 정도에 가슴 가까이에 얽매여 있는 기운이 풀리는 느낌을 받았다. 하루 동안 불안과

우울감을 크게 경험했는데, 호흡에만 집중하다 보니 마음이 편안해졌다. 편안하다는 것, 아무 생각이 없어진 느낌이다.

　기록은 여기까지지만, 이후에도 명상을 틈틈이 이어갔다.
　명상을 지속하면서 바뀐 점은 '평안'이다. 불안을 제거하려 애쓰기보다 불안을 있는 그대로 바라보는 것이, 불안을 바라보는 것보다 현재 나의 들숨과 날숨에 집중하니, 평안해질 수 있었다. 전에는 내 안에 강렬한 감정 하나가 머무는 시간이 길었다면, 명상을 통해 감정이 내 안으로 들어왔다가 흘러나가는 것을 경험했다. 어깨나 허리에 통증이 생길 때도 오른쪽 흉통을 느낄 때도 그 느낌에 관심을 가지고 지켜본다. 지켜보면 통증도 머물렀다 사라질 때도 있다는 것을 경험했다. 내 몸에서 일어나는 생리적 변화, 신체적 통증, 생각의 흐름에 관심을 가지고 지켜보니, 흥미롭기도 하다. 눈에 보이지도 않으면서 존재감을 드러내는 이것들에 관심을 가지니, 마치 부모의 따뜻한 시선에 잘 못 되는 아이 없듯이, 서서히 잠잠해진다. 그리고 약한 나를 있는 그대로 받아들이고, 용서했다.

　편두통, 어깨 결림, 흉통, 허리 통증, 내가 어쩔 수 없는 호르몬 수치, 지하철에서 배려 없는 행동으로 불쾌감을 느끼게 했던 사람들, 내가 짊어지고 가는 무거운 짐들, 나를 이해하려 노력하기보다는 나의 단면만 보고 판단하는 사람들.

그리고 매일 마주하는 나의 나약한 내면과 강해지고 싶은 바람.

현재 나를 괴롭히는 것 중 몇 개나 내 인생에서 중요한 문제일까. 내 인생 전체를 길게 펼쳐놓고 거리를 두고 바라보면, 현재 나를 괴롭히는 것 중에 진짜 가치가 있는 것은 별로 없다.

잠시 멈추고 가볍게, 이전보다 더, 점점 더 가벼워지고 싶다.

흑화의 매력

로맨스 드라마를 보다 보면 드라마 진행 중반이 지나, 여자주인공이 이전에 자신을 괴롭혔던 못된 XX들에게 복수하는 걸 '흑화했다'고 표현한다. 밝고 착한 이미지에서 벗어나 자신이 받은 피해를 되돌려주고 위협에서 자신을 지키기 위해 때로는 다른 대상을 위협하기도 하는 여주의 모습은, 이젠 힘없는 '내(작품에 투영된 나의 모습)'가 누군가에게 기대어서, 인정받길 기대한다기보다는 스스로 강해지는 (강함이 지나쳐서 잔인해지더라도) 선택을 원한다는 것을 알 수 있었다. 꼭 여주만 흑화하진 않고, 착한 남자주인공도 흑화하기도 한다. 다만, 흑화라는 표현은 치명적 매력을 담고 있으므로 남녀에 상관없이 매력적인 인물이어야 한다. (인기몰이한「부부의 세계」의 주인공 지선우의 모습도 흑화했다고 한다.) 그럼, 드라마 속이 아니라 현실 속 우리도 '흑화'하기도 할까? 그리고 흑화한다면 그 모습은 어떤 모습일까?

드라마처럼 '달라진 날 보여주겠어!'하고 날 버리고 떠난 사람에게 매력적으로 보이는 데에 성공해본 적은 없으나 사귀던 남자친구의 배신에 고통스러워 2주 만에 몸무게 10킬로그램 빠진 적은 있었다. 내 미래에 대해 함부로 폄하했던 사람들에 대해선 그들이 틀렸다는 것을 시간과 내 삶으로 증명하는 수밖에 없었다. 그리고 드라마 법칙 중 하나인 한 드라마 내에서 주요 인물 7명으로 이야기 만들기가 현실에는 적용되는 것이 아니어서 과거에 나에게 못되게 굴었던 사람들은 지금의 내 옆엔 없어, 내가 그들에게 딱히 복수를 할 기회조차도 없었다. 물론 미친 듯이 SNS를 파서 복수를 할 수도 있겠지만, 우린 이미 다른 현실에서 자신만의 삶을 살아내기도 벅찬데, 굳이 과거를 현재에까지 끌고 올 필요가 있을까 싶다. 그러나 상상을 안 해본 건 아니다. 나에게 인사하는 그들에게 다가가 여유 있게 미소를 지으면서 동시에 차가운 눈길을 보내며 거리감을 형성하는 장면을 떠올려보곤 한다. 아직 실제로 그런 적은 없다.

'블랙스완'이란 단어를 끌고 와 이 글을 쓰고 있는 것도 어쩌면 삶에 의도치 않게 드리운 '어둠'을 마치 없었던 것처럼 하얗게 덮어버리지 말고, 어둠을 의미있게 바라보는, '흑화'하자는 의미에서 시작되었다. 내 삶에 침범하여 나를 부서지게 한 사건들은 새로운 나를 만드는 계기가 되고, 그 사건들이 나와 타인을 구분 짓는 '나'만의 삶을 꾸려가게 한다. 무너진 횟수만큼 재건한 횟수도 증가하는 것이니, 어쩌면 불행한 사건은 내 안의 힘을 재확인하고 나에게 그동안 '선물'처럼 와 있었던 주위 사람들에 대해 깨닫게 한다. 그걸 기억하기 위해 무너지는 것일 수도 있다고, 생각한다.

기흉이 벌써 세 번째 발생했는데, 10년 전 수술한 뒤에도 작년 2월에 재발하고, 저번 주 월요일에 또 재발하게 됐다. '월경성 기흉'으로 세계에 약 250명밖에 없다고 하는데, 기흉이라는 것이 '한 놈만 패듯이' 걸리는 사람만 계속 걸린다. 두 번째 재발이 일어나면, 또 재발할 확률은 90퍼센트 이상이 된다. 세 번째 재발하면, 또 재발할 확률은 99퍼센트가 된다. 월경성 기흉은 어떤 이유에서인지 자궁내막 조직이 폐에 붙게 되고, 호르몬 수치가 높아질 때마다, 즉 월경할 때마다 기흉이 생길 위험이 있다. 기흉은 흉관 삽입과 산소 치료를 주로 하는데, 수술까지 한 경우에는 월경성 기흉이라도 재발 확률이 5퍼센트 정도로 낮아진다. 재발한다고 해도 2년 안에 재발할 확률이 높다. 이 정도면, 나는 위험할 소수의 확률에 해당하면서 재발 확률은 매우 높다. 수술한 병원에서는 내가 마지막으로 해볼 수 있는 수술은 '화학유착술'이라고, 폐 전체에 화학약품을 발라 염증 반응을 일으켜 폐를 흉막에 붙여버려 기흉을 차단하는 원리다. 이 또한 수술 후 재발 가능성을 배제할 수 없으므로 안 하기로 했다. 저번 주 화요일에 입원해서 금요일에 퇴원하면서 입원하는 동안 갈비뼈 사이에 흉관을 삽입해서 공기를 뺐으나 흉관을 빼고 다시 기흉이 생겨, 의사는 나에게 화학유착술 여부에 대해 선택하라고 했다. 나는 집에 가만히 있기로 하고 현재도 가만히 있는데도 저번 재발했을 때와는 다르게 폐에서 꼬르륵거리며 바람이 새는 게 개선이 안 된다. 다행히 현재 일을 벌여놓은 게 없으므로 집에 주로 있는데도 이번엔 잘 낫지를 않는다. 평소 에너지의 70퍼센트 정도밖에 쓰지 못하고 있다. 밥 먹으면서 말을 하면

숨이 차서 어지럽고 걸을 때도 숨이 모자라 기침이 나오기도 한다. 통증은 기흉 초기에만 목 뒤부터 등까지 강렬하게 있고, 며칠 지나면 그냥 허파가 새는 느낌과 마른기침, 어지러움이다. 가만히 있는 데도 낫지 않아 가만히 있는 시간이 길어지다 보니, 약간의 우울감도 생긴다. 코로나 블루처럼 집에만 있다 보니 생기는 단절감. 그래도 조금씩 나아지리라 기대하며(폐를 들여다볼 수 없으니 나아지는지 어떤지는 모르겠지만) 오늘도 집에만 있는다.

나도 이 경험을 바탕으로 다시 한번 더 흑화하리라!

우리가 불행이라고 여기는 실상

♪ Max Richter의 「On The Nature Of Daylight」

응급실 한편에 누워있는 아버지를 봐도 아무렇지 않았다. 다시 표현하자면, 감정에 대해 자동으로 경계하게 된다. 평소에 아버지를 얘기할 때 화가 나고 반복되는 안 좋은 사건에 좌절감을 느끼는 것과는 다르다. 현실의 아버지를 보면, 난 아무것도 느낄 수 없게 된다. 대체 이 사람은 뭘까, 하는 지긋지긋한 질문과 답을 찾아가는 스스로에 대한 느낌이, 감정이 배제된 기계같이 느껴진다.

아버지와 멀어지면서, 잘하면 내가 행복하게 살 수도 있겠다는 희망을 품었다. 결혼을 하고 몇 번의 수술을 거치고 몸이 아팠다 회복하는 과정을 겪고 뼈가 마르는 것 같은 고통을 느끼고 나아지면서 삶의 마지막을 떠올릴 때 겁에 질리더라도, 내가 마지막까지 다다를 때까지 내가 사는 세상을 좀 더 따뜻하게 하는 데에 기여할 수 있겠다고 생각했다.

친정어머니와 함께 신랑과 점심을 하고 응급실 병동으로 돌아와 보니, 침대 위에 아버지는 없고 주변에 핏자국이 있었다. 궁금하지도, 걱정되지도 않았다. 내 앞에서 아버지가 피 흘리면서 죽어도 나는 아무렇지도 않을까? 이런 생각이나 하는 걸 보니, 내가 한참 이상한 것 같았다. 그러나 만약 어머니가, 신랑이 그런 모습이라면, 현재 있지도 않은 아이가 내 앞에서 아파한다는 상상을 하니, 몸이 욱신거렸다.

물어보지도 않았는데, 잠시 후 아버지가 스스로 그 핏자국에 대해 말했다. 링거가 답답해서 본인이 바늘을 뽑다가 피를 흘리게 됐다고. 응급실 간호사들이 아버지 때문에 조금 당황했을 수도 있겠다고 생각하다가, 아니지, 아마 그들은 별의별 유형의 사람들을 다 봤을 테니, 이런 게 지겹게 익숙할 것 같았다. 다양한 형태의 무례한 사람들, 그중 내 아버지는 자신에게 일어나는 짧은 불편함을 견디지 못하고 폭발하거나 손쉽게 해결하고자 하는, 다 큰 어린애 같은 인물이다. 술이나 도박으로 현실을 잊으려 하고 오로지 자신의 욕구가 우선이다. 아버지가 아프다고 해도 도무지 믿을 수가 없다. 그저 지겨울 뿐이다.

프로이트가 싫었다. 그의 남성적 외모도 맘에 들지 않았고, 남성=인간으로 생각하고 당시 여성에 대해 본인이 이해할 수 없었던 점을 심도 있게 분석하기보다는 쉽게 판단해버렸다는 느낌이 들어서 그의 이론도 맘에 들지 않았다. "넌 다른 여자들과 좀 달라"라고, 그걸 칭찬이라고 하는 남자애들도 싫었다. 글을 쓴다고 할 때는 "글 쓰는 사람이라 그런가, 다르네"라고 하다가 심리학 전공이라고 하면, "심리학을 공부해서 그런가?" 하다가 대학원 다닐 때는 "공부를 많이 해서?"라고 하는 걸 보고, 그때 그들의 주장과 근거가 얼마나 빈약한지 알 수 있었다. 이젠 그런 말엔 나도 영혼 없이 대답한다. "너도 다른 남자들과 좀 달라."

남성성이란, 정말 인간의 정상성 기준으로 삼아도 되는 것일까?

앞으로 여성 프로이트가 나온다면, 그때에는 억압받은 남성성으로 히스테리 질환을 겪게 되는 사람들을 그릴 수 있을까? (이걸 SF로 쓸 수 있겠구나!)

지난날 아버지는 자유롭고 이기적이었으며 무례했지만, 어머니는 가정에 구속되었고 지나치게 희생적이었다. 아버지는 빚에 시달릴 때마다 어머니에게 빚을 안 막아주면 자살하겠다고 협박했고, 어머니는 매일 좌절감에 죽고 싶어 했다. 가족 모두가 병들어있었고 나는 병든 가족의 '증상'이었다. 이유 없는 통증에 시달려야 했고, 대학병원에서 유전 질환을 포함한 온갖 검사에도 내 병은 찾아낼 수 없었다. 밤에 무릎이나 팔꿈치로 거친 통증이 몰려들면 나는 잠에서 깨어 병원에서 처방해준 진통제를 먹었다. 점차 통증은 진통제에도 가라앉질 않았다. 내가 원인 모를 통증에 시달리면서 이전에 몰랐던 것을 깨달은 점은 가족 중 아무도 내 통증에 진심으로 관심이 없다는 점이었다. 내 고통에 관심을 둘 정도의 여유도 없었다.

가족 안에서 발생하는 불행이 쉽게 해결되지 않는 것은, 모두가 가해자이면서 피해자이기 때문이다. 시간이 층층이 누적되어 견고해진 '불행의 사이클(cycle)'에서 '깨달음' 한두 번으로 벗어날 순 없다. 가정은 '나'라는 존재가 시작한 지점으로, 사이클에서 벗어난다는 건 죽음에 대한 두려움과 맞서는 것과 같다.

스물다섯에 맞이한 어느 햇빛 좋은 날. 나는 닫힌 창문으로 들어오는 햇빛에도 고통스러웠고 곧 죽을 것만 같았다. 몸이 떨리는데, 전날 마신 술 때문이라고 생각하기엔 과했다. 어두운 방에 누워 잠들 수도, 눈을 뜰 수도 없이 오로지 '견디는' 시간을 보내고 있는데, 강렬한 우울감으로 숨이 멎을 것 같았다. 죽음을 대안으로 생각하는 사람들을 이해할 수 있었다. 아, 죽어야 끝날 수 있겠구나. 죽음이 빛으로 다가와 창문을 두드리는 것 같았다. 저녁이 오자 마음이 조금씩 편안해지는 걸 느꼈다. 마음이 진짜 있을지도 모르겠다는 생각이 들면서 이번엔 정말 병원에 가야겠다고 생각했다.

나에게 불행은 불안이다. 불안감을 많이 경험할수록, 내 불안이 강해서 다른 사람들의 고통에 공감하지 못할수록 불행하다고 느낀다. 불안이 점차 몸 안에 쌓여 숨을 쉴 수 없을 지경이 되면 나는 어떤 감정도 느껴지지 않는다. 최근엔 대상에 따라 공감을 잘못할 때가 있다는 것을 알게 되었고, 공감이 불가능한 유형이 자신의 욕구 해결에만 충실한 이기적인 행동을 하는 사람이라는 걸 추가로 알게 되었다. 식탐, 무례함, 더 큰 파이를 가져가는 것 등등. 그건 내 그림자 영역이었다. 섣불리 욕심을 부리지 않는 것처럼 보이고 싶었을 뿐 내 안에도 주장하고 싶은 것이 많았다.

검사 결과 아버지 담낭에 담석이 있다고 했다. 더 정밀한 검사를 위해 며칠 뒤 내원을 해야 한다며 안내받고 응급실에서 퇴원했다. 병원비는 큰오빠가 치를 거라며, 어머니는 우선 자신의 카드로 병원비를 계산했다. 응급실에서 퇴원한 후, 병원 지하 푸드코트에서 아버지는 죽을 드시면서 나에게 과거의 자신을 용서하라고 강한 어조로 말했다. 용서하라고 명령하다니, 말의 내용과 어조가 맞지 않아 웃음이 나왔다. 자기가 그런 게 아니라 술이 그런 거라고, 옛날 아버지들은 다 그랬으니, 이제 늙고 힘없는 자신을 이해해야 자식인 네가 맘이 편할 거라고 했다. 내 신랑에게도 아버지의 안 좋은 이야기를 하지 말라고 덧붙였다. 나는 대답하지 않았다.

출근해야 한다고 빠르게 걸어가며 서서히 멀어지는 아버지의 뒷모습을 보며 그때에서야 슬픔이 몰려왔다. 우린 살면서 얼마나 많은 치명적인 실수를 하는가. 그럴 수밖에 없었다고 변명하면서 과거의 내 잘못을 옹호하다가 지금의 내가 누군지도 모르게 되어버리는 건 아닐까. 아버지의 뒷모습을 보며 나와 나란히 서 있는 늙은 여자, 내 어머니는 왜 자꾸만 작아지는 것 같을까? 여름의 한낮에도 삶의 쓸쓸한 면에 대해 생각하면 마음이 서늘해지는 걸 느낀다.

내가 꼭 살고 싶다고, 이대로 죽을 수는 없다고 강하게 삶을 원하게 된 건 어릴 적 지독하게 아팠기 때문이 아닐까. 고통이 아닌 다른 삶을 경험하고 싶어서. 정확하게 상상할 순 없지만, 가까운 미래에 행복한 나를 만날지도 모르니깐. 지금 나는 20년 전 내가 간절히 바라던 미래에 와 있다. 고통보다 내가 더 큰 삶, 고통을 통제할 수 있는 삶. 그러니, 이제 괜찮다. 슬퍼할 수 있어서 참 좋다.

PART
3
—

흔들리는 계절을
산다는 것

불안이 젖은 옷처럼
내 몸에 달라붙어 있을 때

해가 저물면 슬슬 뱃속부터 불안감이 목구멍까지 올라온다.

"오늘 하루 내가 제대로 산 거 맞아? 아닌 것 같은데, 어떡하지?"

그리고 이대로 있다가는 아무 성과 없이 죽어버릴까 봐 걱정된다. 순식간이다. 숨을 못 쉴 정도로 고통스러워지는 것은.

고등학교 1학년 2학기였던 것 같다. 의약 분업으로 의사들의 반발이 심해, 한동안 대학병원 의사의 진료를 받기가 어려워진 적이 있었다. 그 후에 의사들과 약사들의 극적인 타협이 있었고, 의약 분업은 현재 우리가 아는 형태로 이루어졌다. 자세한 내용은 기억나지 않았다. 다만 내가 정확히 기억하는 건 그 시절 내 왼쪽 눈에서 사물이 일그러져 보인다는 것이었고, 어떻게 된 일인지 알아보는 것도, 그래서 어떤 치료를 받아야 하는지도 모른 채로 꽤 오랜 시간 방치되었다는 것이다.

　지금 생각해보면, 꽤 심각한 질환은 아니었고 오른눈잡이라 크게 불편하진 않았지만, 어린 마음에 너무 겁을 먹었던 것 같다. 그날 이후로 아버지의 무관심과 어머니의 무기력함을 고통으로 확인하고 불안이 시작되었다. 적당한 치료는 고2에 받게 되었고, 치료받는다고 해서 불안과 우울이 사라지진 않았다. 점점 불안과 우울은 심각해졌으나 내가 할 수 없는 방법이 없었고, 여전히 나는 부모님의 무관심과 무기력 사이에서 어쩔 줄 몰랐다.

　그러던 고3 어느 토요일에 낮잠을 자고 일어나 어머니의 심부름을 가던 중 몸의 이상을 느끼고 집으로 다시 돌아와야 했다. 눈꺼풀부터 시작된 근육 이상은 목으로, 그리고 가슴으로, 다시 입으로, 팔로 점차 진행되었다. 고대 구로병원 응급실로 가서도 온몸이 다 뒤틀려버린 상태는 계속 진행되었다. 엑스레이, 혈액 등의 기초 검사 및 뇌 CT 촬영 시 아무 이상을 찾지 못했고 나는 고통에 점차 정신을 잃어갔다. 정신을 차려보니, 다음 날 아침이었고, 집이었다. 나는 살아있었다. 그러나 그날 이후로 이전보다 더 큰 불안과 우울 속에서 살아야 했다. 어둠 속에서는 공포에 질려 누워있지 못했고, 처음엔 밤에만 불안발작이 일어나던 것에서 나중엔 낮에도 대중교통에서 시도 때도 없이 일어났고, 발작의 빈도나 발작으로 가는 속도도 점차 빨라졌다.

불안발작이 뭔지도 몰랐던 가족들은 나를 '이상한 아이'로, 개선이 필요한 아이로 보았다. 치료를 받기엔 당시의 가정 환경이 경제적으로나 정서적으로 좋지 않았다. 나는 집을 떠나 20대 초중반을 견뎠고, 누구의 이해도 받지 못하는 '이상한 아이'가 되어갔다.

벌써 20년 전 이야기다. 고등학교 1학년이 살아온 나이보다 현재는 두 배 이상 나이를 먹었다. 더 이상 부모님을 원망하지도 않고, 나 또한 불안을 잘 관리한다고 생각한다.

20대를 때때로 심리상담과 정신과 약물치료로 보냈고, 나 또한 엄청난 노력을 했다. 왜 다른 사람이 편하게 하는 버스 타기나 지하철 타기에, 잠들기 등 일상적인 일에 내가 이렇게 고통스러워해야 하나, 억울하기도 했지만, 글쎄, 이제는 솔직히 남들과 내가 다를 수 있다고 인정한다. (그 추상적인 '남들'과 비교하면서 나에게 더 고통을 줄 필요는 없어 보였다.)

강렬한 불안 체험을 한 날들이 몇몇 떠오르는데, 그중 가장 강렬한 것은 하루 동안 빛에 대해서 지나치게 힘들어한 것이다. 방 안에 커튼을 치고 누워서는 아무것도 할 수 없었다. 곧 세상이 멸망할 것만 같았다. 그런데 이건 내 감정이고, 지금 내 감정 시스템이 오류가 난 것이라는 인지적 판단이 들었다. 누군가에게 말한다고 해도 이해해줄 거라 기대할 수도 없었다. 나는 그 공포를 내 온몸으로 오롯이 견뎌내야 한다고 생각했다. 비명을 지르고 창문으로 뛰어내리거나 그대로 정신을 잃을 것 같았지만, 최선을 다해 아무것도 하지 않았다. 아침에서 저녁이 되면서 빛이 나타났다 사라지면서 어느 순간 안정을 찾았다. 안정을 찾은 뒤 찬찬히 생각해본 결과, 내 감정이나 정서 시스템을 자연스럽게 따라가는 것이 위험하다는 생각이 들었고, 나에게 일어난 사건 자체가 중요한 것이 아니라는 생각이 들었다.

불안과 우울이, 젖은 외투처럼 내 몸에 들러붙어 있었다.

나의 일부가 되어버린 불안과 우울을 떼어내야 했다. 남들에게 대단하지 않을지라도 작고 큰 성공 경험을 만들어냈고, 아르바이트를 해서라도 약물치료와 상담을 받았다. 그리고 실패와 성공을 번갈아 하다 보니, 어느 사이에, 지금에 이르렀다. 아직도 내가 불안과 우울에서 완전히 벗어났다고 생각하진 않는다. (20대에 완치되었다고 믿은 아토피가 며칠 전 베트남 여행에서 다시 폭발적으로 시작한 것처럼) 불안과 우울은 언제든 날 위협할 준비가 되어있다는 것을 매일 서늘하게 느낀다. 여기서 좀만 더 나를 놔버리면 불안과 우울의 플로우에 빠져들었다가 또 힘겹게 벗어나는 일상의 반복이다.

사르트르가 자신에 대해 표현했던 '무임승차자'의 불안감이 뭔지 알 것 같았다. 나 혼자 티켓 없이, 지정 좌석도 없이 삶이라는 열차에 위태롭게 탑승해있는데, 그 감정을 열차 내 누구와도 얘기할 수가 없다. 나는 무임승차자니깐, 들키면 안 되니깐.

　항상 노력해야 한다는 생각이 든다. 매번 실패하더라도 또
한 번.

뛰어나지 않아 괴롭습니다

2010년 7월에 석사학위를 받은 후로, 딱 9년 만에 박사학위 과정으로 다시 대학원을 다니게 되었다. 2010년에 졸업을 하면서 어머니에게도, 내가 따르는 몇몇 교수님들에게도 학교에 다시 돌아오고 싶다는 마음을 드러내 보였다. 문화심리학을 계속 공부하고 싶었지만, 뜻대로 되진 않았다. 내 욕심의 한계는 석사까지였다. 돈을 벌어야겠다는 생각으로 취직했는데, 그것도 내 맘대로 되진 않았다. 방황 끝에 찾은 브랜드 디자인 에이전시에서의 커리어는 내 의도와 다르게 중단되고, 또 방황. 업종을 전환해서 입사한 회사는 내가 입사한 직후 몇 배로 확장했지만, 그것도 오래가진 않았다. 그다음 간 회사는 침몰하는 중이었고, 회사가 침몰하기 직전에 내가 먼저 침몰했다. 퇴직 직후 수술을 받으면서 나를 혹사하게 한 몇몇 인물을 떠올리며, 원망하기도 했다. 지금도 가끔 그 사람들을 떠올리며, 미래에 찬란하게 빛나는 나와 마주친 그들에게 여유 있는 미소와 함께 뼈 있는 농담을 던지는 장면을 상상하며 위안으로 삼을 때가 있다.

"음, 누구시더라. 아, 김 본부장님?"

대학원 석사과정에서 가장 심했고, 이후에도 열등감에 시달릴 때가 많았다. 회사에 다닐 때도 월요일 아침마다 엄청난 긴장감을 가지고 출근했다. 실수하거나 무지를 드러내선 안 된다는 생각에 내 의견을 밝히기가 어렵고, 용기 내어 밝혔다 하더라도 나 자신의 부족한 모습에 실망하고 다른 이들에게도 피해가 갈까 봐(라고 하지만, 사실은 사람들이 나를 안 좋게 생각할까 봐) 과도하게 걱정한다. 누군가가 나보다 뭔가 잘하는 모습을 보이면 그 사람을 부러워하는데, 그 부러움 밑엔 고통이 있다. 사람들이 나를 좋은 사람이라고 기억해줬으면 좋겠다. 나를 뛰어나다고 여겨주었으면 좋겠다. 나 또한 스스로 유능하다고 느끼고 싶다. 목과 어깨에 긴장의 무게가 느껴지는데, 난 부족하고 시간은 모자라고 피곤하기까지 하다.

국내에서 『미움받을 용기』로 유명해진 정신의학자 알프레드 아들러는 어린 시절부터 병약해서 신체적으로 우월한 형과의 비교 속에서 성장한 인물이다. 아들러 형은 건강한 데다가 공부도 잘했지만, 아들러는 잦은 병치레에 죽음에 대한 공포를 가지고 살았으며, 형보다 공부도 잘 못 했다고 한다. 부모의 끊임없는 비교 속에 아들러는 형을 향한 열등감에 괴로워했으며, 사회에 나아가선 '유대인'이어서 열등감을 이어 나가게 되었다. 아들러는 자신의 극렬한 열등감 체험으로 인간의 '우월에 대한 추구'에 대해 주장했다. 열등감은 가정과 같은 사회적 상황에서 처음 발생하며, 이 열등감은 모든 인간이 더 나은 존재가 되기 위해 '노력하려는', '추구하는' 동기유발의 근거가 된다고 보았다. 타인이 없으면 열등감은 존재할 수 없으며, 우리는 언제나 이 열등감을 극복하고 우월해지기 위한 노력으로 움직인다. 아들러는 형을 향한 열등감에 오래 괴로워했지만, 몇백 년 뒤까지 우리가 기억하는 건 알프레드 아들러다. 아들러의 형은 '아들러의 형'으로서 함께 거론될 뿐이다. 아들러를 생각하면, 열등감을 가지는 게 괜찮은 것 같기도 하다.

그러나 아들러는 병적 열등감과 병적 우월감을 따로 구분 지어 경계해야 한다고 했다. 병적 열등감은 외부(특히, 부모)의 과보호로 열등감이 손쉽게 과잉 충족되어 스스로 난관을 해결할 능력이 없다고 여기고 열등감을 극복하지 못하기 때문에 발생하는 것으로 보았고, 병적 우월감에 대해선 열등감을 극복하기 위한 현실적 노력이 수반되지 않은 채 그저 자신이 현재 가지고 있는 능력을 과장하는 것으로, 자만하고 타인을 평가절하해서라도 자신을 높이려는 과시적·강박적인 욕구 추구로 이어진다.

긍정적인 방향의 우월에의 추구는 자신뿐 아니라 사회를 포함한 두 가지 수준에서 작동해야 한다고 보았고, 이는 개인의 안녕뿐 아니라 사회적 관심과 타인의 안녕을 추구해야 하는 것이다. 다시 표현하자면, 바람직한 우월 추구는 자신의 열등감을 수용하고 자신의 발전과 더불어, 외부와 끊임없이 소통하며 더 나은 세계를 만들기 위해 노력하는 것이다.

이 열등감을 통해 나와 세상을 조금 더 이롭게 해야지!

나는 이상하지 않아요,
숨길 게 많을 뿐

대학원 다닐 때 심리학과 다른 전공 연구실은 어땠는지 잘 모르겠지만, 내가 속해있던 문화심리연구실은 은근히 단체 활동을 요구하는 분위기가 있으면서도, 또 연구원들 각자에게 물어보면 혼자 있기를 원했다. 그런데 더 지켜보면 혼자 있기를 원한 것이 아니라, 자신이 '선택하기'를 원했던 것 같다. 내가 원하는 사람과 내가 원하는 장소에서 내가 원하는 식사를 하기를. 그래서 그런지, 가끔 지도교수님이 점심 식사를 하자고 하면, 내면의 갈등을 경험하는 사람들이 몇몇 있었다. 나는 학부 생활을 독고다이로 지내 단체 활동을 거의 해 본 적도 없었고, 그게 어느 정도였냐 하면, 응원전이나 축제, MT 등 그 어떤 단체 활동에도 흥미를 느끼지 못하고 거의 참여하지 않았다. (축제할 때 수업 끝나고 지나가다가 친구 만나서 학교 캠퍼스 주막에서 파는 전이랑 막걸리 마신 적은 한 번 있었다.) 무협 영화 같은 데에 자주 등장하는, 내면에 상처를 품은 고독한 방랑자처럼 혼자 학교 도서관이나 뒤뜰, 여기저기에 유령처럼 돌아다니는 사람이었다. 그런 내가 간절히 원하던 심리학과 대학원에 들어가서 스스로 가장 걱정되었던 건 단체 활동을 잘 할 수 있냐는 것이었다. 그래서 나는 95퍼센트 확률로, 큰 교수님의 점심 회동에 동참했다. 그러나 나의 유령 같은 습관은 고쳐지지 않아서 가끔 학생 식당에서 혼자 떡볶이＋김밥1/2 세트(1,800원)를 먹고 있는 모습을, 연구실 학우들에게 목격되곤 했다.

"왜 너는 자꾸 혼자 먹어?", "밥 다운 밥을 먹어야지, 왜 그런 분식 같은 것만 먹어?"

나를 이상하다고 말한 사람들이 있었다. 물론, 나를 이상하게 본 게 혼자 밥을 먹는 것 때문만은 아니었다. 사람들과 어울려야 하는 상황, 돈을 써야 하는 상황 등 나를 숨겨야 하지만 숨길 수 없었던, 여러 곤란한 상황들에서 나는 이상해졌다. 나를 숨기고 싶었던 이유는 자존심을 지키고 싶었기 때문이다. 나는 한 달에 20만 원으로 생활해야 했는데, 교통비를 제하고 나면 15만 원. 학기 초엔 책도 사야 해서 더 힘들었다.

가끔 옷이라도 사고 싶을 때 오랫동안 생각하고 또 생각해서 사야 했다. (그런 나를, 옷 사는 걸 너무 좋아해서 그런 거라고 오해한 친구도 있었다. 내가 고민 없이 살 수 있었다면 그런 오해도 없었겠지. 나 또한 옷을 하나 사는 동시에 밖에서 밥을 사 먹지 못하는 등의 희생이 따르기 때문에 굳이 옷을 사야 하는 것인가, 그럼 내 욕망은 이렇게 작은 데도 눌러야만 하나, 내적 갈등이 많았다.) 당시 연구실 분위기가, 대학원생이 연구 말고 다른 일하는 게 어려웠기 때문에 몰래 과외를 몇 번 했지만, 지속하진 못했다. 학교에 있었을 때 나는 계속 가난했고, 계속 어딘가 아팠고, 누군가에게 말하고 싶은 순간도 많았지만, 더 많은 시간 동안 숨겨야 할 것이 많았다.

그래도 학교에 있으면 좋았고, 연구실에 혼자 있으면 좋았다. 한국에서 좋은 대학으로 손꼽는 데에 어느 한 귀퉁이에 내 자리가 있다는 생각도 좋았고, 항상 온도 조절이 되면서 책이 완비된 도서관에 있는 것도 좋았다. 상상 속에서 나는, 시련을 이겨내고 곧 빛을 낼 사람 같았다. 그러나 집에 들어오면 내 삶은 낡고 찢어졌지만 벗을 수 없어 오래 같이 한 속옷 같았다. 위태롭게 내 중요 부위들을 가리고 있는데, 내가 그 속옷 위로 괜찮은 옷을 입는다 해도 나는 그 속옷이 금방이라도 찢어져, 다른 사람들 앞에서 창피해질까 봐 무서웠다.

"너의 인생에서 가장 힘든 시기는 10대였구나. 20대까지도 그 영향이 미치긴 하지만, 점점 벗어나게 될 거야."

대학원 연구실 신입생들의 사주를 봐주고 했던 선배가 나에게 해주었던 말이다. 나는 그 말이 위로가 되어 내가 하던 걱정 – '앞으로도 지금까지 살아왔던 것처럼 살게 되지 않을까'에서 벗어날 수 있었다. 그분이 영빨(?)이 어느 정도였는지는 모르겠으나, 그 말은 나에게 위로가 되었다. 과거의 고통을 반복하면서 살지 않을 수 있다는 희망을 얻었다. 자기충족적 예언의 효과인지, 20대 중반 이후로 받았던 수술들이 별로 힘들지 않았던 것 같다. 나는 앞으로, 이전보다 조금 더 괜찮은 삶을 살 테니까. 육체적 고통이나 정신적 고통이 극심한 적이 있었다. 오히려 이전보다 격렬하게 고통을 견뎌야 했지만, 이젠 고통을 붙잡지 않고 보내주었다.

예전과 대처 방식이 다른 건 지금의 남편이 큰 버팀목이 되어주었기 때문에 가능했다. 혼란스러울 때 남편과 대화를 나누면 안정을 되찾았다. 남편이 "너도 어쩔 수 없었잖아"라고 무심한 듯 한마디 하면, 내 가슴 속에 단단하게 묶어놓았던 끈이 스르르 풀어지는 게 느껴졌다. 그래, 맞아. 내가 어쩔 수 없는 일에 매달렸구나. 남편은 나와 함께 고통의 현장에 동참하면서도 내가 통제력을 잃었을 때 버텨주었고, 나의 성장을 돕는 '의미있는 타인(significant others)'으로, 지속적으로 긍정적인 영향을 주었다. ('의미있는 타인'은 나의 자기관과 세계관에 중요한 영향을 주었거나 현재 중요한 영향을 주고 있는 대상을 뜻한다. 예를 들어, 부모님, 형제자매, 애인, 배우자, 자식 등이 있다.)

고통은 우리를 외롭게 하고, 외로움은 '다정한 타인'이 필요하다는 신호이다. 다정한 타인의 부재는 고통의 주체를 '이상해' 보이게 만든다. 이상하다는 건 이해할 수 없다는 뜻이기도 하다. 이해는 고통의 내용을 들어보는 것에서 시작할 수 있다. 20대의 나는 고통을 회피하고 숨기려 했고, 그것은 나의 약함을 드러내고 싶지 않았기 때문이다. 이해받고 싶지도 않았다. 이미 누군가에게 이해받는 데에 실패했고, 실패한 것을 받아들여야만 한다고 생각했다. 그 또한 그 당시의 나에겐 최선이었다. 다만, 이제 어릴 때의 나처럼 '이상해' 보이는 사람을 만나면, 다정하게 대해야겠다. "괜찮아. 괜찮아질 거야. 내가 버텨줄게."

나는 밤이 무서워 낮게,
자꾸 낮게 운다

주문한 아이스 아메리카노가 나오자마자 자리에 앉아 들이켰다. 가슴 위로 얼굴, 두피까지 뜨겁던 열기와 목마름이 가시는 듯했다. 월경성 기흉으로 재수술하고 난 후 여성 호르몬 억제 시술을 두 달간 받다 보니, 그 이후로 갱년기 증상이 나타났다. 하루에도 여러 번, 자다가도 몸속의 열기가 날 덮쳐 올 때가 있어, 마음의 평화를 깨뜨린다. 자다가도 더워서 잠이 그냥 깨버릴 때도 많았는데, 그게 호르몬 억제 주사의 일반적인 부작용 중 하나였다.

"이제 새로운 세팅에서 시작하는 거라고 생각하시면 돼요. 그런데 한 달 전에 마지막으로 맞은 호르몬 억제 주사가 지금 우리 약보다 더 강해서 우리가 쓰는 약이 효과가 없네요. 이번 주기에는 예전보다 좀 더 긴 기간에, 좀 더 강한 용량을 써야 할 것 같아요."

커피를 반 정도 마시고 아까 병원에서 진료받았던 의사의 말을 떠올려보았다. 나는 서울스퀘어 2층에 있는, 난임 전문 병원인 차병원에서 진료를 마치고 1층에 내려와 카페에서 커피를 마시고 있었다. 월요일에 병원을 들른 후 화요일부터 아침에 일어나자마자 클로미펜정을 먹고 배에 IVF-M HP 주사를 맞는다. 어제까지 배에 맞는 주사 용량은 225IU였는데, 오늘 진료 후 맞은 주사부터 월요일 병원 갈 때까지 300IU를 맞아야 한다. 나의 상태는 '극난저'라고 불리는 타입으로, 이렇게 여성 호르몬을 먹고 주사를 맞더라도 쉽게 반응이 없는 타입이다. 그래서 보통의 경우라면 여성 호르몬을 약하게 처방받지만, 지금은 몇 달 전 기흉 재수술을 한 후 재발을 방지하기 위해 맞은 호르몬 억제 주사로 더 반응이 없어, 약을 세게 쓸 수밖에 없는 상황이다. 한 가지 다행인 건 여성 호르몬 억제로 인해 현재 겪는 열기를 여성 호르몬 주입으로 인해 잠재울 수 있다고 한다. 주사를 맞고 약을 먹은 지 4일이 됐는데, 좀 더 기다려봐야 할 것 같다.

4년 전 시험관 시술을 처음 받으러 갈 때는, 시술 들어가 자마자 임신이 될 줄 알고, 그것도 쌍둥이 임신하면 어떡하나 걱정까지 했다. 그건 내 착각이었다. 난임 시술 전 필요한 검사들을 받아보니 전반적으로 수치가 안 좋았기 때문에 인공 수정도 거치지 않고 바로 시험관 시술을 하게 되었다. 기대해볼 수 있는 건 내 생물학적 나이밖에 없었다. 아직 마흔이 되지 않았다는 것이 난임 시술을 받는 데에는 큰 의미가 있었다. 의사는 지금 나의 상태로는 마흔이 된다면 시술을 권하지 않겠다고 말했다. 내가 곧 끝을 내지 않는다 하더라도 내 몸이 정한 끝이 멀지 않았으니, 애쓰는 것도 멀지 않겠다는 생각이 들었다.

우발적으로 꽃다발을 샀다. 꽃의 향기와 아름다움에 취해 보자마자 사 버리고 집으로 가는 내내 꽃향기를 맡으며 걸었다. 겨울이 다가오니 낮이 짧아져 5시인데도 벌써 조금씩 어두워지고 있었다. 멀리 보이는 인왕산인가 북한산인가 하는 산은 동양화에 그려진 산 모양 그대로였다. 생각해보니, 내가 별일 없이 꽃을 샀던 적이 모두 호르몬 주사를 맞을 때였다. 여성 호르몬 주사를 맞으면 이런 건가 싶다. 호르몬 억제 주사를 맞을 때는 평소에 감정 이입이 너무 잘 되어 TV를 보면서 잘 울던 것도 사라지고, 심지어 슬픈 장면이 짜증스러웠다. 반면, 호르몬 촉진 주사를 맞을 때는 평소에 사지 않던 꽃을 사고, 마음이 섬세해지는 게 느껴진다. 이 정도 되면, 내가 알고 있는 '나'라는 사람을 구성하는 요소들이 얼마나 가변적인지 알 수 있을 것이다.

꽃을 사는 것뿐만 아니라, 평소에 하던 것보다 일시적으로나마 더 많은 기부를 한다. 마치 다른 사람들에게 좋은 일을 하면 나에게도 좋은 일이 일어날 거라고 기대하는 것처럼. 그런데 호르몬 영향인지, 아니면 결과에 대한 비현실적 기대 투자인지는 모르겠지만, 그냥 누군가에게 도움이 되고 싶어진다. 아마도 내가 혼자 고립된 것이 아니고 세상과 연결되어 있다는 느낌을 받기 위해 그런 것이 아닐까 싶다.

검은 밤이 큰 발자국을 남기며 성큼 다가오고
나는 밤이 무서워 낮게, 자꾸 낮게 울어대지만

시험관 시술을 진행하다 보면, 친구와 만날 약속도 잡지 못한다. 병원을 자주 가는 것도 그렇지만, 언제 몇 시에 가게 될지도 모르기 때문이다. 그러다 보면, 혼자 있게 되고, 관계에 대해, 날 오해했던 사람들에 대해 떠오르게 된다. 이렇게 글을 쓴다는 건, 여기에 있는 '나'를 알리는 신호다. 언젠가 누군가가 이 신호에 답해주길 바란다.

지금 여기가 지옥이다

새벽녘에 잠든 지 30분 만에 일어나 슬픔에 사로잡혀 다시 잠들 수 없었던 그때, 신이 지옥을 만든다면 지금 내가 살고 있는 세상과 같은 모습이겠다는 생각이 들었다. 의견이 첨예하게 갈라지는 사람들, 그들이 모두 옳은 길로 가고 있었으며, 옳은 일을 위해 각자 본인이 원하는 시기와 방식을 택했다. 발언하는 자, 침묵하는 자, 그림을 그리는 자, 글을 쓰는 자, 묻는 자, 대답하는 자, 화내는 자, 억울한 자, 변명하는 자, 변명하지 않는 자, 사과하는 자, 사과받지 못한 자, 지켜보는 자, 지켜보지 않는 자, 우는 자, 뛰는 자, 걷는 자, 듣는 자, 들어본 적 없는 자, 실망하는 자, 상처받은 자…… 그들은 모두 옳았으므로 그들의 행동 방식에 이의를 달 수 없었다. 그래도 세상은 먼 과거, 혹은 가까운 과거보다 조금도 나아지지 않은 것 같았다. 물리적 환경은 조금 더 좋아졌는지 모르겠지만(그것도 달리 볼 여지는 있다), 이제 우리가 인식하는 세상은 실체가 없지만 분명히 존재하고는 있는 사이버 온라인의 세상까지 확장되어, 한 인간이 경험하는 세상은 아주 조금도 나아지지 않았다. 다만 속도의 문제다. 사건의 본질과는 상관없이, 아니 파악할 시간도 없이 빠르게 회자되고 사라지면서 가해자와 피해자도 끊임없이 자리를 바꾸게 하다 그것마저도 금방 잊혀 버린다. 자살은 많아지고, 살해 협박도 많고, 묻혀 가는 진실의 양도, 속도도 엄청나다. 이미 삶이 지옥 같은데, 죽음이 해방이 되지 말란 법이 있을까? 죽음으로 덮어져 묵인되는 일들이 많아지다 보니, 웬만한 죽음에도 흔들리지 않는 견고한 믿음을 추구하게 되었다. 죽음을 애통해하는 자, 죽음에도 애통하지 못한 자 모두 다 옳다. 잠들지 못해 피가 마르면서 아직 캄캄한 창을 멍하니 바라보며, 소리 없는 십자군 전쟁에 전 세계인이 각개전투로 참여 중에 있다는 걸 그때 깨달았다.

'타인은 지옥이다'라는 사르트르의 유명한 이 말은 지옥에 대해 여러 층위의 의미로 해석할 수 있지만, 사르트르의 희곡

『닫힌 방』에서 지옥이란, 우리는 절대 실현해 줄 맘이 추호도 없는 타인에게 자신의 욕망을 투사하고 매여있으며, 서로 고통을 주고받으며 갇힌 방에서 절대 벗어나고자 하지도 않는 곳이다. 방에 갇힌 세 사람, 기르생과 이네스, 에스텔은 절대 이룰 수 없는 욕망을 타인에게 투사한다. 반전운동을 하며 영웅 행세를 하던 기르생은 우체국 직원이면서 레즈비언인 이네스에게 인정받고 싶어 하지만, 이네스는 기르생을 날카롭게 비난할 뿐이다. 반면, 이네스는 아름다운 에스텔을 성적인 대상으로 욕망하고 그 욕망을 실현하기 위해 기르생을 파멸로 이끌고 싶지만, 기르생은 에스텔을 욕망하지 않으므로 그것이 가능하지 않다. 또한, 에스텔은 남자로부터 자신이 성적 대상으로 욕망 되는 것을 욕망하지만, 기르생은 이네스에게 영웅으로 인정받고 싶어 할 뿐이다. 그리고 그 방으로 이들을 안내했던 안내자가 이 방을 떠날 의사를 물었을 때도 그들은 실현할 수 없는 욕망을 실현하기 위한 간절함으로 떠나기를 거부한다. 희곡의 결말에 다다라서 기르생은 이 방이 왜 지옥인지 알게 된다.

≋ 이런 게 지옥인 거군. 정말 이럴 줄은 몰랐는데…… 당신

들도 생각나지, 유황불, 장작불, 석쇠…… 아! 정말 웃기는 군. 석쇠도 필요 없어, 지옥은 바로 타인들이야.

장 폴 사르트르, 『닫힌 방』

그런데 기르탱이 인식한 지옥이 지금 내가 살고 있는 이곳과 다른 게 뭘까? 이 세계는 나의 전부이므로 나는 벗어날 수도 없고 계속 내 욕망을 견디며 살아야 한다. 어떤 것도 욕망하지 않는다면 그것은 방을 벗어날 수 있는 해방인 동시에 죽음이기에 욕망하지 않고 존재하기란 불가능하다. 고통을 한없이 느낄 수는 없기 때문에 가끔 고통을 잊을 뿐, 우리는 숨쉬듯 고통스러운 존재인 건지도 모른다. 또한, '타인은 지옥이다'라고 얘기했던 고백을 나를 향해 뒤집어보면, 나 또한 누군가에게 지옥이다. 내 의도와는 다르게 그에게 지옥을 선사할 수 있다. 그러나 잠들지 못했던 시간이 지나 잠들 수 있는 시간을 보내면서 울고 싶은 마음도 사라진 지금은, 그래도 내가 누군가를 구원할 순 없어도 지옥을 선사하는 사람이 되지 않기를, 아주 작은 희망이라도 가지고 싶다. 긴 시공간 속에서 수많은 콤마 중의 하나인 인간이 이미 존재한 이상 서로에게 지옥이 되지 않기를, 내가 언제든 타인에게, 그리고 나에게 타인이 지옥이 될 수 있다는 것을 하루에 한 번이라도 생각하면서 살았으면 좋겠다.

말이나 글이나 발화되는 순간의 생각을 그대로 표현할 수 없으니 그 또한 거짓이라면, 나는 오늘 진실 하나를 전달하기 위해 셀 수 없는 거짓말을 했다. 매일 진실하자, 마음을 먹어도 그 말을 내뱉는 순간 거짓이므로, 정말 진실한 사람은 언어를 포기할지도 모르겠다.

고통은 우리를 외롭게 하고,
외로움은 '다정한 타인'이 필요하다는 신호다.

PART
4
—

그리운 미래

매일 밤 나는 이 세상의 끝을 생각한다

글을 쓰겠다고, 특히 소설을 써보겠다고 마음먹은 뒤로부터
는 글 쓰는 것이 어렵게 느껴져, 오히려 사소한 글쓰기마저
피하게 되었다. 이 글을 어떻게 시작해야 할까 생각하다가 많
은 이야기로 머리가 어지러웠다. 그러다 문득 내가 잠들기 전
에 겪는 두려움이 떠올랐다. 아침이면 다른 사람이 되어버리
지만, 잠을 자기 위해 어둠 속 침대 위에 누워있을 때면 그대
로 내가 깨어나지 못할까 봐 무섭다. 먼저 잠이 든 신랑의 얼
굴을 어둠에 익숙해진 눈으로 바라볼 때, 이 사람과 나의 끝
이, 세상의 끝이 보이는 듯했다. 그리고 먼저 세상을 떠날 엄
마와의 헤어짐을 생각하면서 내 안이 무너져 내리는 느낌을
받는다. 공포감에 소리를 지를 때도 있다. 내 비명에 깬 신랑

과 밖으로 나가 마음을 달래고 다시 들어올 때도 있다. 보통 한밤중인 1시나 2시에 그런다.

어제 병원 수술대에 누워 링거 바늘을 꽂은 손등으로 마취제가 들어와, 아프게 손에서 팔로, 그리고 온몸으로 날카롭게 퍼지는 걸 느꼈다. 약으로 내 몸에서 정신이 어디로 가버린다. 정신이 없는 내 육체에 의사는 내 안에 있는 난자를 채취했고, 내 정신이 몸에 다시 돌아왔을 때는 통증과 함께였다. 정신이 사라졌다 돌아오는 그 과정이 점차 싫다. 내가 사라지는 순간을 내가 확인하는 그 과정을 받아들여야 하는 게 싫다.

회복실에 누워있는 나에게 의사가 와, 난자를 채취하면서 초음파상에서 난자와 비슷해 보였던 자궁내막종을 제거했다고 했다. 나중에 검색해보니, 그게 양성 난소 종양의 하나라는 걸 알게 되었다. 물혹으로 치명적이진 않지만, 좋은 것도 아니다.

난자 하나가 나왔다. 지난 9개월간 수술실까지 들어가 그냥 나오기를 반복했는데, 좋은 소식이었다. 심지어 지난달에는 기흉까지 생겨 걱정했는데, 다행이다. 아마 내일이면 배아의 형태로 냉동이 될 거다. 시험관 시술을 할 때만큼은 단계별로 마음가짐이 다르다. 난자 채취를 하기 전까진 병원에 가면서도 마음을 비우고 기대를 안 하려고 노력하고, 그리고 배아 이식을 받기 전부터 받을 때까지 준비하면서는 세상을 아름답게 보려고 노력한다. 그리고 임신 반응 검사를 하고 집에 돌아와 병원으로부터 전화를 받고 바닥에 앉아 운다. 배와 엉덩이는 주사로 멍들어, 내 몸이 너덜너덜해진 느낌마저 든다.

배아를 내 안에 깊숙이 넣고 2주를 보낼 때는 만약 아이가 태어난다면 어떤 얼굴일까, 어떤 목소리일까, 나중에 커서 늙은 내 몸을, 지금의 내가 엄마에게 그러했듯이 안아주는 모습을 상상한다. 그러다가 아들일 수도 있다는 생각에 비슷하지만 다른 상상을 한다. 그 상상 속의 나는 드디어 세상에서 사라지는 데에 대한 두려움이 사라진 건지는 알 수 없지만, 내 목숨보다 아이를 사랑할지도 모른다는 운명론적인 만남에 대해 짐작해본다. 지난주 한 교수님과의 면담에서 교수님에게 물었다. "정말 따님이 태어나신 이후에 죽음에 대한 두려움이 사라지셨어요?" 교수님은 그렇다고 대답했다. "딸이 태어난 순간 내가 사라지는 것에 대해 받아들이게 됐지." 나 또한 그럴 수 있을까?

심리학자 앤드루 솔로몬은 이렇게 말했다.

부모가 된다는 것은 갑자기 우리를 낯선 사람과의 영구적
인 관계로 몰아넣는 일이고, 그 낯선 사람이 이질적일수
록 부정적인 성향은 더욱더 강해진다. 우리는 우리 아이들
의 얼굴에서 우리가 사멸하지 않으리라는 보장을 찾으려
한다. 그리고 타고난 특성상 그런 불사의 환상을 깨뜨리는
아이들은 우리에게 특별한 모욕감을 준다.
앤드루 솔로몬, 『부모와 다른 아이들』

내가 불멸할지도 모른다는 희망이 실현 불가능한 것이라는
걸 아이를 통해 더 명징해질 수 있다고 말하고 있다. 나의 사
라짐을 받아들이게 됐다는 교수님의 고백과도 상통한다.

병원에 입원해있거나 병원에서 시술받고 누워있을 때 간
호사들이 환자인 나를 조심히 대하는데, 그럴 때면 내가 이런
보호받는 따뜻한 느낌을 좋아한다는 걸 알게 된다. 그리고 다
시 집으로 와선 잊었다가 병원에 가게 되면 다시 아이가 된
그 느낌이 따뜻해서 좋다. 아픈 건 싫지만 나를 대하는 그 따

뜻한 손길에는 감사하다.

"엄마."

내가 평생 따뜻하게 생각했던 그 단어로 불릴 날을 기다린다. 그러다가도 점차 시간은 가고 소식은 없으니, 아이 없이 살아갈 시간에 대해서도 상상해본다. 사랑하는 사람과 단둘이 사는 것도 가치가 있고, 내가 가진 능력을 발휘할 수 있는 일에 대해 생각해보며, 그렇게 사는 것도 좋을 것 같다. 둘이라면 자유롭게 움직일 수 있고, 아이 때문에 누군가가 더 희생하는지 다투지 않아도 된다. 노인이 되어서도 좋은 친구가 되어 있는 우리의 모습을 상상하며 흐뭇하다.

그래도 아직은 내가 사랑할 수밖에 없는 존재가 내 삶에 들어오기를 간절히 바라고 있다.

Come Back to Me

테드 창의 소설을 영화화한 「컨택트」(원제는 Arrival) 초반부에서 엄마가 자신의 딸에게 "Come back to me(나에게 돌아와)"라고 반복해서 말하며 장면이 계속 바뀌었는데, 그 장면 속에서 딸은 갓난아기에서 꼬마가 되고 말 안 듣는 소녀가 되고 성인이 되어 젊은 나이에 죽는다. 그 순간 나는 이야기 속 엄마의 고통과 시간을 초월한 사랑을 느꼈다. 테드 창의 소설 전개와 가장 다른 지점이 영화의 시작이었다. '이것은 사랑 이야기다'라고 못 박고 시작한다. (테드 창의 소설 『당신 인생의 이야기』 속의 주인공이 더 현실 엄마 같긴 하다.)

우리는 죽을 존재인 줄 알면서 아이를 낳고 그 유한한 존재를 사랑하고 상처 입힌다. 영원히 함께 할 수 없다는 것을 짐작하면서도 누군가와 함께 있기 위해 노력한다. 그런 점에서 결혼하는 사람들은 어리석은 사람들이라 할 수 있다. 함께 있는 걸 공증받기 위해 지나치게 쓸데없는 일들을 해야 하기 때문이다.

자신의 유한함을 강조하면서 상대를 구속하는 사람도 있다. 그런 사람들은 자신의 유한성에만 관심 있을 뿐 상대와 세계의 유한성엔 눈길을 두지 않는다.

출산하는 과정에서 여성이 느끼는 고통은 약한 데부터 시작해서 온몸이 찢기고 부서지는 것과 같은데, 아이를 낳은 직후에도 통증은 진통제로도 쉽사리 잠재우지 못한다. 이때 재빠르게 간호사들이 아이를 엄마에게 보여주고 품에 안기게 해서 그 통증을 잊게 한다. 아이를 본 엄마의 뇌에선 옥시토신이 분비되면서 통증을 잠시 잊는다.

그래서 나는 메마른 삶이 더 위험하다고 생각한다. 누구하고도 연결되지 않는 삶. 혼자인 사람은 작은 고통에도 신음할 수밖에 없다. 그 고통을 잊을 만한 다른 자극이 없기 때문이다. 옥시토신은 주로 가까운 사람과의 접촉에 의해서 생성되고 연결되어 있다는 느낌, 연민과 보호받고 보호해 줄 때 생성된다.

접촉이 우리를 병들게 하고 죽게 만드는 이 코로나19라는 질병은, 그 질병을 피하는 과정에서 예상치 못한 쓸쓸한 죽음을 발생하게 했다. 코로나 이전부터 간신히 버티며 살던 사람들의 숨통을 끊어놓았고 그들의 삶을 메마르게 만들었다. 그렇게 죽어간 사람들……. 바이러스에 걸린 적도 없지만 마음 둘 곳 없어 훌쩍 가버린 사람들. 그 사람들은 살아있을 때도, 죽은 이후에도 눈에 띄지 않는 존재들이다. 이 짧은 글은 그들을 인식하는 노력의 일환이다.

잃어버린 지난날의 일상들, 그림자처럼 살다 사라져버린 이들, 연결되고 싶었으나 고통받는 사람들, 이제 우리의 노력으로 쉽게 돌이킬 수 없는 세계(환경)가 다시 돌아오길. 그리운 사람을 만나고 그들이 전해주는 이야기에 한바탕 웃고 떠들다가 어느 순간에는 울 수도 있는 그런 날, 다시 오길. 다시 온다면 그땐 정말 고마워해야지.

우리는 서로의 원인이자 결과였다

할머니, 아버지의 어머니는 눈꺼풀을 덮은 점을 가지고 태어났다. 그래서 이름도 점례. 점 때문에 열아홉 살에 나이 든 남자의 부인이 되었다. 남자는 첫 번째 아내와 사별하고 아내와의 사이에서 낳은 아들과 비슷한 나이 또래의 소녀를 두 번째 아내로 맞이했다. 내가 17년간 본 할머니는 항상 자신의 눈에 있는 점을 증오했다. 할머니의 점은 눈꺼풀 바깥과 안에 연결되어, 별개의 것이 아니라 눈 그 자체였지만, 할머니는 그 점을 뗄 수 있을 거라고 생각했다. 초등학생 시절, 할머니의 방문을 열었을 때가 기억난다. 방 한구석에 휴지 뭉텅이가 쌓여 있었는데, 모두 피로 물들어 있었다. 할머니 등에 대고 할머니를 부르자, 돌아본 할머니의 눈에선 점과 피로 얼룩진 상처가 있었다. 면도칼로 자신의 점을 떼어내려고 했지만, 상처만 남겼을 뿐이다. 보다 못한 어머니가 병원에 할머니를 모시고 갔지만, 의사는 눈꺼풀 전체와 점이 붙어 있어 수술이 불가능하다고 했다. 그러나 할머니는 돌아가실 때까지 자신의 점을 용서하지 않았다.

웃통을 걷어 올린 아버지의 배에는 검은콩만 한 점이 있었다. 정말 콩 한 알처럼 평평한 배 위에 도드라져 있는 점이었다. 아버지는 할머니의 점을 본인이 유일하게 물려받은 거라고 어린 나에게 자주 말하곤 했다. 그리고 내가 볼 순 없지만 내 등 중앙에 있는 점이 아버지의 것과 비슷하다고 했다. 나는 그 점 때문에 수영복을 입기 싫어 수영장에도 가지 않았지만, 가끔 친구들에게 비밀을 알려주듯이 옷 위로 튀어나온, 등 뒤의 점을 만지게 해줬다. 친구들은 모두 놀라고 신기하다며 웃기도 했다.

그 점을 피해 브래지어를 입느라 애먹을 때가 많았다. 대학교 1학년 때 주량도 모르면서 마신 술에 취해서 화장실에서 토를 하자 곁에 있던 친구가 등을 두드려주다가 점에 염증이 생기기도 했다. 얼마나 세게 두드렸는지, 다음 날 등뼈가 욱신거렸고, 점이 옷에 쓸릴 때마다 아려왔다. 움직일 때마다 점의 존재감을 그렇게 확실하게 느낀 적이 없었다.

엄마는 내 점을 가만히 들여다보면 사람 얼굴처럼 눈, 코, 입이 보이는 특별한 점이라고 했고, 나는 엄마의 말을 믿었다. 나는 그 점을 스물일곱이 되어서야 뗐다. 이제 점이 있었던 자리는 올록볼록한 부분이 아니라, 훅 파인 곳이 되었다. 점이 '내가 있었다'라고 말하는 것과 같은 자리. 나는 가끔 그 자리가 가려워 긁곤 한다.

어머니는 내가 할머니가 유일하게 안아 준 손주라고, '그래도 할머니가 너를 사랑했다'라고 했지만, 난 할머니에게서 사랑을 받았던 기억이 없다. 할머니는 나만 사랑하지 않았던 게 아니라, 누구도 사랑하지 않았다. 옷이 구겨질까 봐 증손주도 안아주지 않았고, 엄마가 아파 입원해서 대신 할머니 식사를 차려드려도 갓 중학생이 된 내가 차린 밥상에 불평만 늘어놓으셨다. 자신의 점을 증오한 만큼 외모를 가꾸는 것과 식사에 과도하게 신경을 쓰셨다. 할머니와 고모, 할머니와 아버지, 할머니와 오빠들 사이에서 한 번도 애정을 본 적이 없었다. 어린 난 할머니와 맹렬하게 싸웠고 서로를 싫어했다. 나에게 할머니는 '항상 내 것을 뺏는 사람' 같았다. 내 방을 뺏었고, 내 엄마를 뺏었고, 내가 먹고 싶은 것을 양보해야만 했다.

아버지도, 고모들도, 죽음을 앞둔 할머니 앞에서 어찌할 바를 몰랐다. 슬픔보다 두려움에 눌린 것 같았다. 엄마가 할머니를 편안한 죽음으로 안내하고 할머니의 몸을 닦았다. 집에서 상을 치렀지만, 엄마는 어린 내가 죽은 할머니를 봐서는 안 된다고 했다.

나는 할머니의 죽음이 슬프지 않았다. 그저 고등학교에 갓 입학해서 치른 방송반 마지막 시험에 떨어진 게 억울했다. 집에서 할머니의 초상을 치르면서 손님을 맞이하는 일을 하다가 방송반 떨어진 일로 엄마에게 짜증을 냈다. 내 목이 쉬어 시험을 망쳤는데, 내 목이 쉰 건 다 할머니와 엄마 때문인 것만 같았다. 엄마한테 짜증 내는 모습을 큰오빠한테 들켜 호되게 혼났다. 억울한 마음에 눈물이 났다. 사촌 언니들은 우는 나를 보고 할머니 때문에 우는 줄 알고 따뜻하게 안아주었다. 나는 언니들 품에 안겨서 더 크게 울어 젖혔다. 큰오빠 들으라고.

다시 할머니에게서 내 방을 찾았다. 엄마가 내 방의 벽지를 새로 해주겠다고 해서 골랐지만, 아버지가 마음대로 해버렸다. 무신경한 아버지에게 화가 나서 엄마에게 온갖 화풀이를 다 하다가 그만 엄마가 욱하는 바람에 맞을 뻔하기도 했지만, 그래도 엄마는 나에게 약속한 침대를 사주었다. 침대는 사춘기 시절의 내가 가장 원하던 거였다. 침대와 책상, 스탠드 조명. 나는 TV 드라마 「학교」에 나오는 학생들의 삶과 비슷해졌다고 느껴져 만족했다. 나는 공부는 안 하면서 에리히 프롬의 『사랑의 기술』이나 헤르만 헤세의 『지와 사랑(현재는 『나르치스와 골드문트』) 같은 책들만 열심히 읽었다. 제대로 이해도 못하면서.

나는 집에서 유일하게 책을 읽는 사람이었다. 지금 생각해 보면 내가 책을 읽었던 이유는, 공식적으로 방에 혼자 있길 주장하기 위해서였다. 방에 혼자 있고 싶은데, 달리 혼자 할 건 없어서 책을 읽거나 글을 썼다.

아버지가 죽었으면 좋겠다고 생각한 적이 있었다. 술에 취한 아버지가 자고 있는 안방 문을 노려보면서 내가 언젠가 아버지를 죽일지도 모른다고 여겼다. 식탁 위에서 바닥으로 떨어진 반찬과 깨진 반찬 그릇을 치우면서 아버지는 나에게 성가신 사람, 비상하려는 내 발목을 붙잡고 고통만 알려주는 사람일 뿐이라고 생각했다. 차라리 아버지가 엄마를 때렸듯이 날 때렸으면. 그럼, 아버지를 경찰에 신고하고 그 계기로 아버지와의 인연을 끊으리라, 모진 상상을 하곤 했다.

돌이켜보면, 아버지는 자신의 부모에게서 사랑을 경험한 적이 없었다. 안정적인 애착 경험을 해본 적이 없으니, 자신 또한 자식에게 어떻게 해야 하는지 몰랐고, 그저 자식이란 자신을 위해 존재하는 부산물로 여기는 정도였다. 아버지는 할머니가 그랬듯이 외모 가꾸는 것과 먹는 것에 집착했다. 잘 먹어야 하고 잘 입어야 했다. 아버지에 대한 원망이 깊었던 시기에는 나는 내 식욕마저도 싫었다. 그래서 대학교에 다니면서도 굶주릴 때가 많았고, 내 삶을 있는 그대로 받아들이기 힘겨웠다.

조금씩 이전과 다른 길을 가게 되었다. 또 한 번의 반대를 무릅쓰고 나는 목표했던 대학원 과정을 갔고, 그때에는 그 목표가 나의 전부였다. 그럴 수만 있으면, 할머니에서 아버지로,

아버지에게서 나로 이어지는 그 고리를 끊어내고 내가 날아오를 거라 생각했다. 시간이 걸렸지만, 그들에게서 물려받은 점도 도려냈다. 다른 삶을 살기 위해서는 무조건 아버지와 반대로 가선 불가능했다. 아버지가 직간접적으로 주는 영향에서 자유로워지는 것이 필요해서 자꾸 나에게 무엇을 원하는지 물었다. 진짜 내가 원하는 게 뭐지?

내 세상에는 아버지와 같은 사람이 자꾸 나타났다. 나에게 와서 대놓고 "넌 할 수 없다"라고 말하는 사람들. 대학교 같은 수업을 들은 남자 동기가 그랬고, 교수가 그랬고, 회사에서 만난 남자 상사들이 그랬다. 나도 모르게 그들의 생각을 바꾸기 위해, 그리고 그들에게 인정받기 위해 무진장 애썼는데, 지금에 와서는 괜한 짓을 한 것만 같다. 그 경험을 통해 내약점이 '인정받지 못한다는 느낌'이라는 것을 깨달았을 뿐이다. 어쩌면, 내가 원인이 되었는지도 모른다. 아니면, 그들이 나에게 함부로 할 수 있었던, 무례한 말과 행동은 그들의 나약함이 드러나게 된 결과였는지도 모른다. 자신이 통제할 수 없었던 아랫사람에 대한. 그리고 할머니, 아버지, 나 또한 우리는 서로의 원인이자 결과였다. 내가 그들에게 반응하고, 그들이 나에게 반응한다. 서로의 삶이 종적으로, 횡적으로 겹쳐, 원인이 되고 동시에 결과가 되었다.

  아버지에 대한 미움을 내 안에서 밀어내려고 한 지 오래다. 그러다가도 가끔 아버지에 대한 안 좋은 감정을 업데이트하는 일들이 아직도, 생기곤 한다. 그럴 때마다 아버지는 아직 변하지 않았으니, 나는 아버지에게서 가족을 보호해야 한다고 마음먹는다. 그러나 언젠가 우리가 악수를 한다거나, 포옹을 할 수 있다면……. 아버지가 내 손을 잡고 '수고했다'라고 말해준다면, 얼마나 좋을까. 오늘 또 한 번 그런 상상을 해본다.

  "수고했어, 내 딸아."

빈 여자

여자는 자신의 몸이 투명해지는 것을 느꼈다. 자신의 가슴과 배를 잇는, 갈비뼈가 두 개의 활처럼 맞닿아 있는 그 부분에 서부터 물이 차올라 온몸에 퍼져나가고 있었다. 남자가 정성스럽게 가꾸고 있는 식물들을 바라보다가 이틀 전 병원에서의 일을 떠올린 게 문제였다.

"이번 차수에도 좋은 결과를 전해드리지 못하네요."

의사는 컴퓨터 화면에서 눈을 떼고 안타깝다는 의미로 어색하게 웃으며 여자에게 말했다. 여자의 주치의는 여자에게 항상 친절하게 대했고, 혼란과 찬 기운이 가득한 수술실에서 얼어가는 그녀의 손을 잡고 온기를 전해주던 사람이었다.

"시험관 시술을 시행하신지 벌써 4년이 넘었고, 환자분 나이도 마흔이 넘으셨네요. 이 시점에서 앞으로의 계획에 대해서 다시 한번 배우자와 상의해보시는 게 좋을 것 같아요."

"네, 그럴게요."

여자는 괜찮다는 의미로, 의사에게 미소를 보내고 진찰실을 나왔다. 그리고 집으로 돌아가는 길에 남자에게 문자로 이번에도 임신에 필요한 수정은 되지 않았다고 알렸다. 남자는 그녀를 위로했다. 집에 들어온 남자와 여자는 긴 이야기를 나눴고, 이제 현실을 있는 그대로 받아들이는 것으로 이야기를 마쳤다.

그날도, 다음 날도 괜찮았다. 그런데 오늘 여자는 자신의 남편이 결혼 후 집 안에서 하나둘씩 늘려가며 가꾼 식물들이 처음과 달리 많이 성장했다고 인식하자, 동시에 자신은 영원히 아이를 갖지 못한다는 것이 무거운 현실로 다가왔다. 여자는 고통스러웠던 유년 시절을 떠올렸다. 자신은 좋은 부모가 되겠다고 다짐했지만, 그 유년 시절이 여자의 내면을 찢고 아무는 과정에서 아이를 가질 수 없는 몸으로 만들어버렸다.

그녀는 곧 자신이 사라질지도 몰라 두려우면서도 온몸이 물이 가득해 투명해지는 것을 멈출 수 없었다. 여자의 몸은 울 준비가 되고 있었다.

남자가 가장 사랑하는 몬스테라의 넓은 잎과 공중 뿌리에 물방울이 떨어져 흩어지기를 반복하고 있다. 눈물을 흘릴수록 여자는 몸이 다시 원래대로 돌아왔다가 다시 온몸에 물이 차올라 투명해지길 반복했다. 그녀가 흘린 눈물이 햇빛에 반짝였다. 이대로라면 몬스테라는 과습이 되고, 여자는 말라 껍데기만 남을 것이다. 여자는 더 늦기 전에 남자에게 자신이 울고 있다고 문자를 보냈다.

남자가 집에 왔을 때, 여자는 바싹 말라 껍데기만 남은 채로 납작하게 쓰러져 있었다. 몬스테라와 주변 식물의 화분에선 물이 넘쳐흐르고 있었다. 남자는 여자를 안아, 욕조 안에 조심히 늘어뜨리고 따뜻한 물을 채웠다. 남자는 욕조에 걸터앉아 여자를 지켜보았다. 시간이 흐를수록 종잇장 같던 여자의 몸이 물을 흡수해 차올랐다.

여자는 몸이 예전처럼 돌아오자마자 남자의 손을 잡았다.

"미안해. 도저히 멈출 수가 없었어. 당신이 아꼈던 몬스테라가 나 때문에 죽는 거 아닌지 모르겠어."

"그건 아무래도 괜찮아."

남자는 아내의 손을 마주 잡았다.

"당신, 위험했어."

"어, 그랬지."

여자는 남자의 허벅지 위에 비스듬히 얼굴을 올렸다. 다행히 더 이상 눈물이 흐르진 않았다.

"점점 괜찮아질 거야. 우리가 함께 있으면."

남자는 여자의 머리카락을 조심히 쓸어내렸다. 여자는 남자의 손길을 느끼며 다시 원래의 자기 자신으로 돌아온 것에 감사했다.

"그래, 괜찮아질 거야."

달빛의 윤슬

이 책에 실린 글은 2018년부터 2021년까지 쓴 글을 모은 것으로, 그 글을 분석해 2022년에는 '자문화기술지'라는 연구 방법으로 논문을 쓰기까지 이르렀다. 글을 쓰기 전에는 풍랑에 배가 난파되어 나 혼자 어두운 바다 위에 떠 있는 것 같았다. 어둡고 추워서 곧 죽을 것 같으면서 동시에 살고 싶었다. 그러기 위해선 현재 내 위치를 정확하게 파악해야 했다. 이 글은 내 현재 위치를 파악하기 위해 애쓴 흔적이다. 고등학교 이후로 나는 '아픈 사람'이었고, 내 몸은 전혀 나의 것이 아닌 것 같았다. 그걸 숨기기 위해 노력했지만, 그러면 그럴수록 예기치 못한 증상들이 튀어나왔다. 내가 외면했던 '나'를 블랙스완이라고 이름 붙이고 시간을 들여 살펴보기로 했다. 글을 쓰는 중에도 아플 때가 자주 있었고, 무엇보다 시험관 시술 때문인지 기흉의 재발이 잦았다. 결국 월경성 기흉이라는 진단을 받고, 코로나 시국에 대학병원에서 어렵게 기흉 재수술을 받았다.

컨디션이 좋지 않을 때면 수술한 부위들이 아픈데, 그중에서도 가장 민감한 부위는 폐다. 폐를 느낄 수 있다니, 참 신기한 일이다. 이렇듯 아픔은 존재를 알게 한다. 건강하다면 나에게 폐가 있는지도 전혀 느끼지 못했겠지만, 아프기 때문에 나에게 있는 것을 느끼고 알게 한다. 3년간 블랙스완 글을 쓰면서 나의 가장 큰 성과는, 나에게 주어진 고통을 받아들일 수 있게 되었다는 점이다. 그리고 글을 쓰기 전에는 내가 어릴 때 상처받은 그대로 머물러 있는 거라고 막연하게 생각하며 우려했는데, 글을 쓴 이후에는 내가 변화했음을 깨달아 '편안함에 이르렀다'. (드라마 「나의 아저씨」에 나온 대사로, 내가 간절히 원하던 것이 편안함이었다.) 나는 여러 이유로 늘어난 블랙스완들이 사실은 내가 가둬둔 것임을 알게 되었고, 글을 쓰며 떠나고 싶어 하는 블랙스완들을 떠나보낼 수 있었다.

내가 있는 곳이 아무것도 없는 어둠이라 여겼는데, 가만히 어둠을 들여다보니, 바다 위에 달빛으로 반짝이는 윤슬이 보였다. 달빛의 윤슬을 발견한 뒤로는, 어둠이 더 이상 두렵지 않았다.

마지막으로, 트라우마 글쓰기에 대해 강조하고 싶다. 지금도 트라우마로 고통받고 있는 사람들이 있다면, 치료와 더불어, 트라우마에 대한 글을 쓰기 바란다. 부록으로 소개한 논문에서도 언급했지만, 트라우마는 감정으로만 가득 차 있고, '아직 언어화되지 않은 정보'이다. 글을 쓰기 위해서는 의도적으로 기억의 한 지점을 선택해야 하며, 그 과정을 통해 기억의 빈틈을 찾아내는 동시에 트라우마 사건이 나에게 미친 영향에 대해 가시적으로 확인할 수 있다. 내 경우처럼 누군가에게 보여주지 않아도 좋다. 오히려 치료 효과에 있어선 아무에게도 보여주지 않는 편이 훨씬 좋다는 연구 결과가 있다. 다 쓰고 버려도 좋다. 트라우마 글쓰기에 있어서 '옳거나', '정확한 사실관계를 파악할' 필요도 없다. 그저 글을 통해 기억에 닻을 내려 안개를 헤치며 잠시 살펴보는 거라고 생각하면 된다. (글쓰기 치료 과정과 효과를 더 알고 싶으면, 『표현적 글쓰기』와 『아픔에서 선물을 찾다!』를 참고하라.) 트라우마 글쓰기는 트라우마 이전의 나로 돌아갈 수 있게 할 순 없어도, 글쓰기 전보다 트라

우마를 조금 더 견딜 수 있게 돕고, 트라우마보다 더 큰 나를
만날 수 있게 할 것이다. 이 글을 읽는 당신이 편안함에 이르
기를, 진심으로 바란다. 내 아버지, 내 어머니, 내 오빠들도.

'고통을 통한 성장'과 '증상 경험 글쓰기'에 대한 자문화기술지*

* 이 논문은 『불안이 젖은 옷처럼 달라붙어 있을 때』 에세이를 포함하여 수년 간 고통과 증상 경험에 대해 쓴 글을 분석하여 2023년 1월 한국문학치료학회 『문학치료연구』제66집에 게재된 저자의 논문을 수정한 것이다. 오랫동안 날 잡아끌었던 트라우마, 고통스러운 기억에서 자유로워지기 위한 자기분석 과 정의 일환이다.

1. 서론

고통이란 무엇일까? 과거에 일어난 사건이 현재 나에게 미친 영향을 어떻게 이해할 수 있을까? 하나라고 생각했던 내 몸은 '나'를 위협하고, 고통은 "너무나 확실한 유령"으로 내 곁에 가만히 있다가 빈틈을 보이면, 순식간에 나를 집어삼킨다.[1] 본고는 그 유령의 실체를 마주하고자 시작된 연구이다.

프로이트는 델뵈프의 말을 인용해, "모든 심리학자는 어둠 속의 문제에 빛을 발할 수 있다고 믿으면, 자신의 약점까지도 고백해야 한다"며, 자기분석이 인간에 대한 깊은 이해를 도모한다고 보았다.[2] 나약한 개인은 고통을 유발하는 사건을 통해 내면이 부서지기도 하지만, 그 고통의 과정에서 자기분석을 통해 자신을 이해하고 다른 사람의 상처를 발견하면서 '상처 입은 치유자(Wounded Healers)'[3]가 된다. 상처 입은 치유자는 고통을 이겨냈거나 고통을 종결시킨 사람이 아니라, 고통과 함께 살아가며 타인의 고통을 헤아리는 사람으로, 고통으로 타인과 세상에 연결을 시도한다.

극심한 고통을 유발하는 트라우마에 관한 다수의 연구는, 트라

---

1   분석자료 - 2019. 1. 21. 에세이 『불안이 젖은 옷처럼 달라붙어 있을 때』 4. 중에서
2   지그문트 프로이트, 고낙범 옮김, 『꿈의 해석』, 열린책들, 2003, 144면.
3   헨리 나우엔의 책 이름으로, 현대 기독교 사역자의 사명을 설명하기 위한 개념이었지만, 상담 영역에서 현대 상담자의 역할에 대해 설명하기 위한 개념으로도 활용된다.

우마의 영향이 한 세대에서 다음 세대로 유전될 수 있으며, 부모 중 한쪽이 외상 후 스트레스 장애를 앓는 경우 자녀가 그 증상을 경험할 가능성이 세 배 높으며 우울증이나 불안증으로 고통받을 가능성이 높다는 것을 밝혀,[4] 트라우마가 개인의 문제로 그치지 않고 다른 개인에게로 확대됨을 시사했다. 그중 아동기 불행에 관한 연구들은 '말 그대로 몸에 새겨져 그 사람을 변화시키며', 평생 안고 가야 할 만성 염증과 호르몬 변화, 당뇨 등 만성질환을 촉발할 수 있다는 사실을 밝혔다.[5] 아동기에 겪은 트라우마 사건과 그 사건이 개인에게 남긴 상흔은 증상으로 드러난다. 증상은 주관적으로 인식하는 신체의 비정상적 상태 또는 느낌[6]으로, 관절통이나 가려움과 같이 신체에 특정 질병의 결과로서 나타나기도 하지만, 불안이나 공포, 무력감과 같은 불쾌한 정서적·심리적 상태로 나타나기도 한다. 질병에는 생물학적 원인이 있지만, 증상은 환자가 병을 경험하는 방식[7]이다. 치료의 시작은 증상에 대한 시선을 바꾸는 것으로, 증상을 그 사람이 지닌 고유성의 표현으로 이해하고 긍정할 필요가 있다.[8] 증상

---

4   Judith Shulevitz, "The Science of Suffering", The New Republic, November 16 (2014); 마크 월린, 정지인 옮김, 『트라우마는 어떻게 유전되는가』, 심심, 2016, 46면.

5   네이딘 버크 해리스, 정지인 옮김, 『불행은 어떻게 질병으로 이어지는가』, 심심, 2019, 19면.

6   네이버 지식백과 '증상' https://terms.naver.com/entry.naver?cid=61232&docId=5703176&categoryId=61232

7   해리엇 홀, 김보은 옮김, 「대체 의학은 왜 사라지지 않는가」, 『스켑틱』, 27, 바다출판사, 2021, 27면.

에 대한 깊은 이해를 도모하는 것은 증상의 주체가 고통에 어떻게 반응하고 경험하는지 파악하는 과정이며, 이 과정을 통해 개인적 경험에서 사회적 경험으로서의 증상으로, 증상 경험의 의미를 확장할 수 있다.

자문화기술지는 연구자 개인의 증상 경험을 사회·문화적 맥락에서 성찰적으로 이해하고 기술하는 질적 연구방법[9]으로, 사회·문화적 맥락에서 개인이 고통과 관계 맺는 방식을 드러내는 데에 효과적인 방법론이다. 증상 경험에서 필연적으로 맞닥뜨리는 고통은 자신이 누구인지, 세계와 어떤 관계를 맺게 되었는지 이야기할 수 있는 동력이 되어, 고통을 현재에 가두지 않고 이야기 속에서 흘러가게 한다. 증상 경험에 대한 이야기는 심층적인 자기서사의 탐색[10]으로 이어지고, 연구자의 자전적 자료를 활용하는 자문화기술지는 인간의 서사성을 강조하는 문학치료학적 접근과도 맥을 같이 한다.

문학치료학에서 자기서사란 '인간의 심층에서 인생을 좌우하는 스토리 형태의 인지-표현 체계'[11]로, 한 인간의 존재론적 위치는 그 사람의 고유한 이야기 내용과 형식에서 찾을 수 있다. 문학치료 상담사가 내담자의 자기서사에 접근하기 위해서는 상담사 자신

---

8   김석, 『불안』, 은행나무, 2002, 54면.
9   이정빈, 『질적 연구방법과 상담심리학』, 학지사, 2018, 137면.
10   정운채, 「자기서사의 변화 과정과 공감 및 감동의 원리로서의 서사의 공명」, 『문학치료연구』 25, 한국문학치료학회, 2012, 365면.
11   신동흔, 「문학치료학 서사이론의 보완 확장 방안 연구」, 『문학치료연구』 38, 한국문학치료학회, 2016, 24면.

의 자기서사에 대한 심층 탐색이 선행되어야 하고, 문학치료학 내에서도 이와 관련해 다양한 시도들이 있었다. 2006년 방유리나의 연구는 연구자 본인의 영화창작 과정에서 고전문학작품의 남녀서사가 어떤 식으로 영향을 미치는지 보여주었고,[12] 2007년 강서영의 연구 또한 연구자의 소설 창작 과정을 세세하게 제시한 가운데, 자기서사와 작품서사의 충돌 지점을 발견하고 수정·보완하는 과정에서 작품서사의 완결성을 높이고 자기서사의 성장을 보여주었다.[13] 두 연구가 영화와 소설이라는 허구적 서사를 창작하는 과정에서 작품서사 속 자기서사를 발견한 것이라면, 경험적 '나'를 능동적으로 드러내는 자전적 자료의 작품서사에 대한 분석은 자기서사의 탐색에 더 용이할 것으로 사료된다.

　본 연구는 자문화기술지 연구 방법을 활용해 연구자의 삶을 뒤흔들었던 증상 경험에 대한 분석으로 자기서사의 탐색과 고통에 대한 인식 변화를 보고자 했다. 이를 위해 2018년부터 2021년까지 작성한 에세이, 블로그 기록 등의 자기 회상 자료와 개인사가 언급된 칼럼, 소설 자료를 분석 대상으로 삼아, 생애 핵심 사건을 중심으로 증상 경험을 구체화하고 개인의 역사 속에서 증상들이 어떻게 관계 맺고 자기 인식에 영향을 주는지 살펴보며, 사회·문화적 맥락과 대인관계적 맥락에서 증상 경험을 분석하여 증상 경험의

12　방유리나, 「고전문학의 남녀서사를 활용한 영화창작치료 연구」, 건국대학교 석사학위논문, 2016.
13　강서영, 「소설창작을 통한 문학치료 연구」, 건국대학교 석사학위논문, 2007.

새로운 해석 가능성을 보색하고자 한다. 또한, 증상 경험에 대한 글 쓰기와 분석 과정이 어떻게 연구자를 고통에 대한 성찰과 자기서 사, 자기인식의 성장을 도모했는지 탐색하려 한다.

2. 연구방법

2.1. 자문화기술지

자문화기술지(auto - ethnography)는 연구자가 자신의 자전적 자료 를 활용해 개인의 삶을 사회·문화적 맥락 속에서 성찰적으로 이해 하고 기술하는 질적 연구방법[14]으로, 개인이나 집단의 문화를 이해 하기 위한 인류학의 문화기술지(ethnography)에 기원을 두고 있다. 문화기술지 연구는 19세기 타 문화를 이해하기 위해 정립되었고, 연구 대상인 개인과 집단을 문화적 존재로, 문화를 인간의 총체적인 생활양식, 인지체계, 의미의 체계로 본다.[15] 문화의 이해는 연구자 의 관점과 원주민(native)의 관점 모두 서로 영향을 주고받는 주관적 인 과정으로, 포스트모더니즘의 도래와 함께 문화기술지는 '객관성 (objectivity)'의 신화에서 벗어나, 현재 연구자와 연구 대상자의 '주

---

14 이정빈, 『질적 연구방법과 상담심리학』, 학지사, 2018, 137면.
15 김영천, 이현철, 『질적 연구방법과 상담심리학』, 아카데미프레스, 2017, 117~ 118면.

관성(subjectivity)'을 학문적으로 이해하고 수용하는 연구방법론으로 받아들여지고 있다.[16] 1975년 하이더(Heider)가 자문화기술지라는 용어를 처음 쓴 뒤로, 리드-대너헤이(Reed-Danahay)를 비롯한 다수의 인류학자, 사회학자, 심리학자, 의사교류(communication)학자들이 주관성의 학문적 당위성을 주장하며,[17] 자문화기술지를 통해 문화적 존재로서의 '자기'를 연구하기를 촉구했다. 자문화기술지의 화자인 연구자는 보통 1인칭 주인공 시점 혹은 1인칭 관찰자 시점에서 자신의 이야기를 기술하며,[18] 연구자의 이야기가 스스로의 목소리로 어떻게 형성되고, 이야기되어왔는지 분석함으로써 개인이 타인과의 관계 맺는 양상과 개인이 속한 세상에 대한 인식을 드러낸다. 자문화기술지에서 연구자의 기억과 경험에 대한 감정, 증상을 살펴보는 것은 연구자가 속한 사회·문화적 '징후'를 탐색하는 과정이라 할 수 있다.

최근 자문화기술지 연구 방법을 통해 상담을 포함한 사회·문화 연구 영역에서 외상적(traumatic) 경험, 상실(죽음, 자살 등)을 경험한 사람들의 자전적 이야기를 바탕으로, 경험의 사회·문화적 이해와 더불어 자기와 타인과의 관계를 해석하고 이해하려는 다수의 연

---

16 박순용, 장희원, 조민아, 「자문화기술지: 방법론적 특징을 통해 본 교육인류학적 가치의 탐색」, 『교육인류학연구』 13 - 2, 한국교육인류학회, 2010, 57면.

17 박순용, 장희원, 조민아, 「자문화기술지: 방법론적 특징을 통해 본 교육인류학적 가치의 탐색」, 『교육인류학연구』 13 - 2, 한국교육인류학회, 2010, 59면.

18 이정빈, 『질적 연구방법과 상담심리학』, 학지사, 2018, 145면.

구가 수행되었다.[19] 이는 자문화기술지 연구 방법을 통해 트라우마 경험이 개인에게 주는 고통의 흔적과 고통으로 인해 형성된 기억이 갖는 비일관성,[20] 분절된 언어가 연구자 개인의 자기서사로 통합되어 가는 치유 과정에 대해 탐구할 수 있으며, 트라우마 사건과 개인에게 영향을 미치는 관계적, 상황적 변인에 대한 다면적 연구가 가능하기 때문이다. 무엇보다 자문화기술지는 연구에 직접 참여하는 연구자뿐 아니라 자문화기술지를 읽는 독자들에게도 가치 있는 자료로, 연구자와 독자를 성찰로 이끄는 매개 자료로 활용될 수 있다.

2.2. 자료 수집과 분석

본 연구는 2018년 2월부터 2023년 1월에 이르기까지 약 5년 동안 수집한 자료를 활용하여 진행하였다. 작성되는 시기에 따라 후반기에 작성한 글은 이전에 작성한 자료에 영향을 받아, 동일한 사건에 대해 추가적인 기억 회상 정보를 기록하였다. 자문화기술지는 근대의 학문영역에서 배제되었던 연구자의 주관성에 기초한 기억 자료와 성찰 자료를 주된 연구 자료로 삼고,[21] 본 연구 또한 이를 따랐다.

---

19 박순용, 장희원, 조민아, 「자문화기술지: 방법론적 특징을 통해 본 교육인류학적 가치의 탐색」, 『교육인류학연구』 13 – 2, 한국교육인류학회, 2010, 72면.
20 베셀 반 데어 콜크, 제호영 옮김, 『몸은 기억한다』 3장, 을유문화사, 2016.
21 이동성, 『질적연구와 자문화기술지』, 아카데미 프레스, 2012, 40면.

〈표 1〉 연구에 사용된 자료

자료명	자료 수집 기간	분량	자료 구분
심리학 칼럼 (ㅍㅍㅅㅅ, 언니네마당)	2018. 2.25~ 2019. 10. 10.	7면 (A4 기준)	1. '파괴 왕'의 긍정적 집착 2. 지금 이대로의 나를 사랑하는 시간 3. 우리와 함께 하는 불안에 대한 썰
『불안이 젖은 옷처럼 달라붙어 있을 때』 (에세이*)	2018. 4. 2~ 2020. 11. 6.	78면 (A4 기준)	1. 내 인생의 블랙스완적 순간 2. 소리 없는 비명이 계속됐다 3. 눈물의 의미 4. 공감을 위한 노력과 내 유령 5. 시간의 비가역성 6. 죽음을 경유하는 곳 7. 괜찮다 말하고 괜찮은 게 아녔어. 8. 손상의 경험이 주는 영향 – 어둠에서 자라는 나무 9. 우리는 서로의 원인이자 결과였다 10. 슬픔 – 연결 or 단절 – 세계 11. 길을 잃은 걸까, 애벌레 껍질 안에서 발버둥 치는 걸까? 12. 누가 절망하지 않을 수 있을까 13. 우리가 불행이라고 여기는 실상 14. 불안이 젖은 옷처럼 내 몸에 달라붙어있을 때 15. '흑화'의 매력 16. 나는 이상하지 않아요, 숨길 게 많을 뿐 17. 매일 밤 나는 이 세상의 끝을 생각한다. 18. 나는 밤이 무서워 낮게, 자꾸 낮게 운다 19. 지금 여기가 지옥이다. 20. 우리의 뒤에 누가 남을까
블로그 글 (자기 회상 및 분석자료)	2018. 4. 12~ 2021. 12. 8.	12면 (A4 기준)	1. 내가 말하는 사이에 2. 나비 시 3. 기흉 재수술, 흉부외과 입원과 퇴원하면서 드는 생각에 대한 기술 4. 신기한 이야기 5. 전하지 못하는 말들이 마음 속에 맺힌다 6. 세상에 대한 감각 7. 병원과 아픈 경험에 대한 단상 8. 비명과 떨림으로 맞이하는 하루의 마지막 9. 호르몬, 너는 아느냐 10. 좋지 않다 11. 2021년 12월 8일 수요일 밤 9시 37분, 내면 풍경

---

* 책에 실린 글의 순서와 상이하다.

소설	2021. 2.	1편	빈 여자
유튜브 (어떤책방's 신비한 심리학 사전)	2022. 3. 31.	1편	고통이 나를 통과해 흘러가도록 하는 법
가족 인터뷰	2023. 1. 18~19.	22면 (A4 기준)	1. 어머니 인터뷰 2. 남편 인터뷰

　본 연구를 위해 수집한 자료들 중 연구 주제에 적합한 증상 경험에 대한 회상 자료들을 선별하였고, 선별 과정은 자료 수집 단계에서부터 최종 논고를 작성하는 전 단계에서 진행하였다. 본 연구에서는 최종적으로, 온라인 대안 언론 매체 「프프스스」와 잡지 「언니네마당」에서 실린 칼럼 중 3편과 증상 경험에서의 고통과 성찰, 심리학적 분석을 담은 에세이 『불안이 젖은 옷처럼 달라붙어 있을 때』에서 본 연구의 주제와 연관성 있는 글 20편을 대상으로 삼았다. 다음으로, 2018년 4월부터 2021년 12월까지 블로그에 업로드한 자기 회상 및 분석 자료 11편, 창작 소설 1편의 자료, 개인 유튜브 채널에 올린 고통에 관한 음성 콘텐츠 자료와 가족 인터뷰 자료를 분석 자료로 삼았다.

　질적 연구의 경우, 자료의 수집과 분석 과정이 일회성에 그치지 않고 상호 영향을 받으며 수집과 분석 과정이 반복된다. 본 연구 또한 질적 연구에 속한 자문화기술지로, 2019년 12월까지 수집된 자료는 자문화기술지 연구방법을 활용한 1차 논고를 작성하였고, 이후 2023년 1월까지 수집된 2차 자료를 더해, 1차 논고보다 연구 주제에 적합한 연구를 진행할 수 있었다.

1차 분석 과정에서 연구자는 몸에 일어나는 이상 증상이나 극심한 통증을 경험했던 생애 사건을 인상적으로 기술하고, 그 사건으로 몸-관계-세상에 대한 인식에 변화를 느끼고 지속적인 신체적·심리적 고통을 호소함을 알게 되었다. 글쓰기와 분석을 반복하는 과정에서 연구자 생애의 증상 경험을 자신에 대한 인식 변화와 함께 사회적 맥락과 관계적 맥락에서 분석하며, 동일한 사건에 대한 다면적인 관점을 가지게 되었다. 1차 분석을 포함한 모든 글은 생애 핵심 사건에 함께 있었던 어머니와 남편 등 가족 구성원과 공유했고, 기억의 틈이 있음을 인식했을 때는 당시 함께 있었던 가족 구성원에게 물어보며, 그전에 생각하지 못했던 일들을 기억해내며 기억의 틈을 메꿔, 2차 자료를 구성했다. 5년간 자료를 생성하고 모으고 분석하며, 가족 구성원과 공유하는 과정을 통해 자료에 완전한 참여자, 참여자로서의 관찰자, 관찰자로서의 참여자, 완전한 관찰자의 입장[22]에서 증상 경험을 살펴보며, 경험 사건에 함께 있었던 타인들의 시선을 함께 담을 수 있었다.

본 논고에 대한 분석 및 해석은 크게 두 가지 방식을 택했는데, 하나는 엘리스가 제안한 비교와 대조, 발췌 등의 전략을 통해 연구 주제와 관련된 두드러진 패턴과 인상적인 내용을 추출하는 방식인 내용분석이고,[23] 다른 하나는 문학치료학자로서 자전적 자료에 대한

---

22 이동성, 『질적연구와 자문화기술지』, 아카데미 프레스, 2012, 45면.

서사분석이다. 본 논고는 내용분석을 통해 원자료에서 증상 경험에 관련된 특정한 표현을 추출하고, 서술자의 고통에 대한 자세나 주변 인들에 대한 기대, 자기서사 및 가치관의 변화 과정을 추적하였다.

　문학치료학은 인간 심층에 있는 문학, 즉 이야기를 치료하는 것을 목표로 두고 있으며, 동일한 증상 경험에 대한 성숙한 태도로서 문학치료학의 목표를 수행했는지 평가할 수 있다. 따라서 본 논고는 연구자의 증상 경험에 대해 자신의 느낌을 보다 주관적으로 자유롭게 기술한 '고백적 – 감성적 글쓰기'[24]와 개인적인 경험에 대한 이야기를 거시적인 사회·문화적 담론에 연결하는 '분석적 – 해석적 글쓰기'[25]가 병행된 방식으로 기술한 자료에서 증상 경험의 의미를 도출하고 연구자를 치유에 도달할 수 있게 동력이 된 요인은 무엇이었는지 분석함으로써 개인적 경험들이 어떻게 한 사람의 정체성을 재구성하고, 사회와 연결되어 이론을 형성해나가는지 알아보고자 했다. 이는 증상을 통해 개인의 트라우마에 접근할 수 있으며, 증상을 통한 자기서사 구축과 자문화기술지 작성의 전 과정이 트라우마 기억을 통합하는 과정으로, 분리된 기억의 조각을 인지하고 빈 곳을 메꾸며 하나의 이야기로 통합하는 과정이[26] 됨을 시사한다.

23　이동성, 『질적연구와 자문화기술지』, 아카데미 프레스, 2012, 44면.

24　한유리, 『차근차근 자문화기술지』, 박영스토리, 2022, 135면.

25　김영진, 이동성, 「자문화기술지의 이론적 관점과 방법론적 특성에 대한 고찰」, 『열린교육연구』 19 – 4, 2011, 19면.

26　베셀 반 데어 콜크, 제호영 옮김, 『몸은 기억한다』 11장, 을유문화사, 2016.

2.3. 연구의 타당성 및 신뢰성

자문화기술지는 연구결과의 신뢰성 확보를 위해 명확한 연구 범위의 설정, 다양한 증거자료에 기초한 내러티브를 전개해야 하며, 타당성 확보를 위해 연구참여자 및 이해당사자들의 검증을 필요로 해야 한다.[27] 이를 위해 연구자는 본 논고에 활용한 자료원에 대해 명시하였고, 가족구성원 중 이해당사자인 남편과 어머니에게 본 논고에 사용된 연구 자료와 작성된 논고를 수차례 공유하여 검증 과정을 거쳤다. 또한, 자문화기술지를 지도한 바 있는 지도교수 1인, 2022년 2학기 건국대학교 문학·예술심리치료학과에서 개설된 「질적연구방법론」에서 질적연구전문가 교수 1인과 동료 연구자 문학치료 석사과정생 6인의 검토 작업을 통해 논고의 수정 및 보완하는 과정을 거쳐 질적연구로서의 신뢰성과 타당성을 확보하기 위해 노력했다.

3. 생애 핵심 사건의 맥락에서 본 증상 경험

본 연구는 자료에 대한 내용분석을 통해 연구자의 생애에 강렬한 영향을 미쳤던 의미있는 사건을 '생애 핵심 사건'으로 명명하고 총

---

27 이동성, 『질적연구와 자문화기술지』, 아카데미 프레스, 2012, 21면.

〈표 2〉 '생애 핵심 사건 – 증상 경험의 의미' 분석

숫자	연도(나이)	생애 핵심 사건	도출된 의미	
1	1996 (13)	아버지의 폭력을 목격하며 이인증 경험	쪼개지고 분리되는 나	
2	1999 (16)	왼눈의 망막박리, 치료를 받기까지 6개월 이상 지체	나를 위협하는 '몸',	고통에 압도 당하는 나
3	2001 (18)	몸의 근육 이상과 호흡 곤란으로 응급실 행	통제 불가능한 상황에 대한 불안과 죽음 공포	
4	2011 (28)	고객사 미팅 중에 호흡 곤란, 기흉 1차 수술	원인 규명과 회복 경험	
5	2016 (33)	결혼한 다음 해 2월에 자궁내막증 수술로 왼쪽 나팔관 제거	여성 환자로서 소외 경험, 슬픔을 통한 자기 위안	고통이 지나가는 통로로서 내 몸 인식
6	2017~2022 (33~39)	호르몬 관련 증상과 시험관 시술의 연이은 실패 경험		
7	2020 (37)	계속되는 기흉 재발, 기흉 재수술		

7개의 사건으로 구체화하였다. 1996년부터 2022년에 이르기까지 7개의 생애 핵심 사건을 중심으로 신체와 심리적으로 어떤 증상 경험을 했는지 살펴보며, 경험에서 의미를 도출하였다. 이를 요약한 것은 〈표 2〉와 같다.

3.1. 고통에 압도당하는 나

3.1.1. 쪼개지고 분리되는 나

생애 핵심 사건 중 첫 번째 사건은 내가 중학교 1학년에 발생했다.

늦은 저녁, 집에는 아버지와 함께 할머니, 어머니, 내가 있었고, 이미 성인이 된 두 명의 오빠는 아직 집에 들어오지 않았다. 어떻게 아버지가 어머니에게 화를 내며 일방적 폭력을 가하게 되었는지, 그 과정은 기억나지 않는다. 다만 현관문까지 물러선 어머니에게 아버지는 위협적인 언사와 신체적인 압박을 가하며 위기 상황을 만들었다는 것만 기억할 뿐이다.

짐승의 울부짖음 같았다. 어릴 때 교회에 갈 때마다 지나가야 했던 양계장에서 칼 아래에 놓인 닭의 비명, 혹은 먹을 것 좀 얻어먹으려고 사람들 사이를 기웃거리다가 애먼 발길질에 얻어맞던 개의 비명. 내가 내던 소리도 그 짐승들과 다를 바 없었다. 내가 통제할 수 없었기 때문에 내 것 같지가 않았다. 나는 언어를 잃은 것 같았고 비명만 질러대는데, 동시에 그런 내가 생경하다고 느꼈다. 말하자면, 한순간에 짐승같이 울부짖는 나와 그걸 호기심으로 관찰하는 나로 분리되었다. 공포에 질려 정신이 아득해지는 걸 느꼈다. 나를 지켜보던 할머니가 애원하는 소리가 얼핏 들렸다. 애가 뒤로 넘어갈지도 모른다고. 그때 아버지는 어머니를 때리기를 그만두었다. 그 후 내가 그 순간을 어떻게 보냈는지 모르겠다. 어찌어찌 그 밤을 지나쳐 다음 날을 맞이했는지 기억나지 않는다. 그러나 지금까지도 기억나는 건 언어를 잃은 짐승의 소리를 내던 나와 그런 나를 관찰하던 나로 분리되었던 느낌은 또렷하게 기억난다.

　－2018. 12. 20. 에세이 『불안이 젖은 옷처럼 달라붙어 있을 때』 1. 중에서

아버지가 어머니를 때린 장면에 대해선 정확하게 기억나지 않은 반면에 내가 거실에서 비명을 지르고 그런 나를 관찰하는 나, 그리고 할머니가 비명을 지르는 나를 보다가 아버지에게 그만하라고 한 기억, 그날 내가 느꼈던 공포에 대해선 또렷하게 기억한다. 비명을 지르며 고통을 '느끼는 나'와 그걸 기이하다고 여기며 '바라보는 나'로 나뉘었던 경험은, 극심한 고통을 유발하는 외상적 사건으로부터 나를 분리시키기 위한 증상이었다.

3.1.2. 나를 위협하는 '몸'

두 번째 사건과 세 번째 사건은 각기 고등학교 1학년과 3학년 때에 발생한 것으로, 고통이 외부에서 오는 것이 아니라, 스스로에게서 발생한 경험이었다. 내 몸이 '나'를 위협한다고 여기게 된 사건들이었다.

두 번째 사건은 1999년도로, 내 나이 16세, 고등학교 1학년 때였다. 눈이 잘 보이지 않는 것 같아 안경점을 찾아 시력검사를 하던 중 왼눈의 시야 중심부가 일그러져 보인다는 것을 처음 알게 되었다. 안과 개인 병원을 찾았고 의사는 망막 출혈과 망막박리의 가능성에 대한 언급하며 대학병원에서의 치료를 권했다. 당시 의약 분업에 대한 의사들의 반발이 대학병원 교수급 의사들의 치료 중단으로 이어져, 내 눈에 대한 진료는 6개월 정도 늦춰지게 되었다.

다만 내가 정확히 기억하는 건 그 시절 내 왼쪽 눈에서 사물이 일그러져 보인다는 것이었고, 어떻게 된 일인지 알아보는 것도, 그래서 어떤 치료를 받아야 하는지도 모른 채로 꽤 오랜 시간 방치되었다는 것이다. (생략) 적당한 치료는 고2에 받게 되었고, 치료받는다고 해서 불안과 우울이 사라지진 않았다.

—2018. 4. 2. 에세이 『불안이 젖은 옷처럼 달라붙어 있을 때』 14. 중에서

이 사건을 통해 나는 신체적 증상이 어떻게 심리적 증상으로 이어지는지 경험했다. 내 몸에 의학적 치료가 필요한 증상이 생기더라도 제때 치료받을 수 없다는 경험을 했고, 그 과정에서 보호받지 못했다는 경험으로 인한 불안과 우울감이 점차 병리적 증상으로 발전했다. 이는 세 번째 사건으로 더욱 심각해졌다.

세 번째 사건은 2001년도로, 내 나이 18세, 고등학교 3학년 대입 수험생이었을 때로, 수험생에게 가장 중요한 시기인 여름 방학에 발생하였다.

고3 어느 토요일에 낮잠을 자고 일어나 어머니의 심부름을 가던 중 몸의 이상을 느끼고 집으로 다시 돌아와야 했다. 눈꺼풀부터 시작된 근육 이상은 목으로, 그리고 가슴으로, 다시 입으로, 팔로 점차 진행되었다. 고대 구로병원 응급실로 가서도 온몸이 다 뒤틀려버린 상태는 계속 진행되었다. 엑스레이, 혈액 등의 기초 검사 및 뇌 CT 촬영 시 아무 이상을 찾지 못했고 나는 통증에 점차 정신을 잃어갔다. 정신을 차려보니, 다음 날 아침이었고, 집이었다. 나는 살아있었다. 그

러나 그날 이후로 이전보다 너 큰 불안과 우울 속에서 살아야 했다. 어둠 속에서는 공포에 질려 누워있지 못했고, 처음엔 밤에만 불안발작이 일어나던 것에서 나중엔 낮에도 대중교통에서 시도 때도 없이 일어났고, 발작의 빈도나 발작으로 가는 속도도 점차 빨라졌다.

－2018. 4. 2. 에세이 『불안이 젖은 옷처럼 달라붙어 있을 때』 14. 중에서

가게에 심부름을 가던 나는 몸의 이상으로 두려운 마음에 집으로 다시 돌아갔고 집에 있는 어머니에게 몸의 이상을 설명하고 병원에 가야 한다고 설득했다. 동네 병원 입구에 도착했을 때는 근육 이상이 더 진행되어 목이 C자 형태로 뒤로 꺾인 채 굳어버렸다. 목이 뒤틀리면서 그대로 바닥에 쓰러졌고, 산소 호흡기를 착용하고 있다가 대학병원 응급실로 가야 한다는 의사 소견서를 받고 병원에 들른 어떤 분의 도움으로 근처 대학병원 응급실에 가게 되었다.

당시 나는 우울과 불안으로 강남의 한 정신과 병원에 다니고 있었지만, 이 사건 이후로 병세가 더욱 심각해져, 불안발작[28]을 종종 경험하게 됐다. 응급실에서는 추후에 MRI를 찍어야 한다며 병원 내의 신경정신과 진료 예약을 했고, 대학병원으로 치료기관을 옮

---

28 20대 중후반에 다녔던 병원의 의사는 내가 종종 겪는 극도의 공포를 '불안발작'이라고 진단했으나 DSM－5 기준으로 봤을 때, 불안장애 하위 척도로 공황장애와 공황발작, 범불안 장애 등이 분류되어 있으며 불안발작은 진단 기준에 없어, 당시 의사가 언급했던 '불안발작'과 '공황발작'은 같은 의미로 사용할 수 있는 것으로 사료된다. 따라서 연구자 또한 불안발작과 공황발작은 동일한 것으로 보고 사용한다.

기게 되었다. 그러나 대학병원 신경정신과의 '메마른' 약물 중심의 치료방식과 어머니의 걱정("우리 딸이 정신과를 다니다니!")과 비난 ("넌 왜 이렇게 유별나니?")을 견디지 못한 나는 치료를 중단했고, 증상 경험에 대한 소통을 포기하면서 몸으로부터 '나'는 점차 소외되어갔다.

3.1.3. 통제 불가능한 상황에 대한 불안과 죽음 공포

1996년부터 2001년도, 내 유년 시절에 경험한 세 번의 사건은 내가 통제할 수 없는 것에 대한 극도의 불안감으로 이어졌다.

> 그 공포는 내가 나에게서 분리될 것만 같은 느낌이었다. 하나라고 생각해서 절대로 떨어지지 않을 거라고 생각했던 것들이 쪼개지고 분리될 것 같았다. 내가 바라보는 세상, 세상을 바라보는 내가 금방이라도 사라질 수도 있었다. 낮에는 아무렇지도 않은 척 지냈지만, 밤이 되면 자다가 그대로 또 숨을 못 쉬고 죽을까 봐 잠을 잘 수가 없었다. 그땐 낮이어서 도움을 요청할 수 있었지만, 만약 밤이라면? 공포에 휩싸여 비명을 지르는 날들이 늘어났다. 그러다가 지친 후에 찾아오는 엄청난 공허감. 언젠가 어디서 맞이할지 모르는 미지의 죽음이 두려웠다.
>
> ─2018. 12. 26. 에세이 『불안이 젖은 옷처럼 달라붙어 있을 때』 2. 중에서

새벽에도, 낮에도, 밤에도 언제 그럴지 모른다. 공포에 질려 비명과

함께 뺨을 때리곤 하는데, 나를 저지하기가 쉽지 않을 때도 있다. (흥미롭게도 오로지 왼손만 내 뺨을 때린다. 왼손은 내 통제 권한 밖에 있는, 다른 생물체 같다.)

    -2019. 1. 2. 에세이 『불안이 젖은 옷처럼 달라붙어 있을 때』 4. 중에서

언제 죽을지 모른다는 불안감은 자기 전 방 안에서 혹은, 사람이 많은 지하철이나 버스에서 경험한 호흡 곤란과 답답한 느낌, 두려움을 동반한 불안발작으로 이어졌다. 특히 자기 전 어두운 방 안에서 불안발작이 시작되면 극도의 공포감으로 비명을 지르며 스스로 뺨을 때리곤 하다가 정신이 아득해지곤 했다. 어떻게든 발작이 지나고 나면 엄청난 공허감이 밀려오고, 점차 정신 질환의 범위가 넓어지고 증상이 깊어지면서 아토피 피부염, 결막염 등의 다른 면역성 질환의 증상이 악화되는 데에도 영향을 미쳤다고 본다. 또한 이 사건 이후로 밤마다 자주 무릎과 팔꿈치 등의 관절에 통증이 있었고, 온갖 검사에도 원인은 규명되지 않았다.

이상 세 개의 생애 핵심 사건은 뚜렷한 통증을 느끼는 것과는 별개로, 원인 불명인 경우가 많았다. 또한, 이 세 사건이 나에게 유발하는 고통을 감당하지 못해 '쪼개지고 분리'되거나 내 몸을 '통제 불가능한 공포의 대상'으로 여기게 되었고, 또 다른 신체적 불편감이나 통증을 유발하는 경험들로 이어지게 되었다.

3.2. 원인 규명과 회복 경험

네 번째 사건은 2011년도, 28세에 브랜드 디자인 회사를 다닐 때 경험한 것으로 고객사 직원과 미팅 중에 목 뒷부분에서 가슴으로 이어지는 날카로운 흉통과 호흡 곤란을 경험했다. 대학원 석사 과정을 마치고 취직한 지 얼마 안 된 나는 이전에 자주 경험했던 신체의 불편감을 떠올리며, 차분하게 그 미팅에서 흉통을 참아내고 미팅을 마친 후 직장 근처 내과 병원을 찾아 엑스레이를 찍은 뒤 기흉임을 알게 됐다. 이후 기흉으로 집 근처 대학병원에 외래 진료로 다시 찾아 흉관 삽입과 폐 수술을 받게 되었고 2주간 입원했다.

입원 당일이자 수술 전날 저녁에 갈비뼈 사이에 흉관 삽입을 했는데, 다음 날 수술을 위해 나는 물도 먹지 못한 상태로 진통제 없이 가슴에 꽂힌 흉관으로 인한 통증을 견뎌야 했다. 수술 전날부터 수술 직전까지 나는 그동안 신체적으로 경험한 것 중 가장 최고 수준의 통증을 경험했다.

그중 가장 고통스러웠던 기억은 기흉 수술을 받기 전 입원해서 약 13 시간 동안 진통제 없이 갈비뼈 사이에 꽂은 흉관으로 인한 통증을 견뎌야 했던 시간입니다. (생략) 수술 직후에 회복실을 나와서도 수술의 결과를 보기 위해 엄청난 통증을 안고 CT 촬영과 엑스레이 촬영을 해야 했죠. 이후 병실로 올라와 진통제를 맞고 나서야 조금 진정이 되었습니다.

- 2018. 9. 20. 심리학 칼럼 「지금 이대로 나를 사랑하는 시간」 중에서

이전에는 진단을 쉽게 내릴 수 없는 증상이었다면, 네 번째 사건
은 명확한 의학적 진단이 가능한 증상에 대한 사건이었다. '폐'에
구멍이 났기 때문에 폐를 치료할 수 있었다. 수술 전후에 겪은 극심
한 통증을 토로하면서도 아픈 부위가 수술 후 회복하는 것을 느낄
수 있었던 사건이다.

이전까지는 숨을 못 쉬고 죽으면 어떻게 하지, 하는 두려움으로 오히
려 버스나 지하철 안에서 숨을 못 쉬는 불안(공황) 발작이 있었다면,
오히려 진짜 숨을 못 쉬게 폐가 고장 난 일을 잘 해결하고 보니, 더
이상 두렵지 않았다. 숨을 못 쉬고 쓰러지면 사람들이 나를 외면해서
결국 난 죽고 말거라는 파국적인 우려도 하지 않게 되었다. 나는 내
걱정과는 다르게 숨을 못 쉬게 되더라도 침착하게 대처를 잘했고, 그
경험으로 나에 대한 믿음이 생겼다.

- 2019. 1. 5. 『불안이 젖은 옷처럼 달라붙어 있을 때』 5. 중에서

네 번째 사건은 오히려 이전 세 사건이 남긴 '통제 불가능한 상
황에 대한 불안과 공포'에서 조금이나마 벗어날 수 있는 계기가 되
었다. 이전에는 미래에 닥칠지 모르는 재난, 호흡이 불가능한 상황
에 대해 막연하게 두려워했다면, 실제로 폐가 제대로 기능하지 못

했을 때의 경험을 하고 개선 방법을 찾아 해결해나가는 과정에서 스스로에 대한 믿음이 생겼다. 또한, 더 이상 나는 어린아이가 아니라, 나에게 어려움이 생기더라도 해결할 수 있는 어른이 되었다는 것을 느낄 수 있었다. 이 경험은 이전 사건들과 이후 사건들에서의 고통에 대한 내 태도를 바꾸는 결정적인 계기가 되었다.

3.3. 고통이 지나가는 통로로 내 몸 인식

3.3.1. 여성 환자로서의 소외 경험

다섯 번째 사건부터 일곱 번째까지의 사건은 33세에서 39세까지 발생한 사건으로, 당시에는 관련성을 파악하지 못했지만, 나중에 알고 보니 모두 여성 호르몬 이상으로 인해 발생한 질환이었다. 다섯 번째 사건은 인생에서 중요한 변화를 맞이한 결혼이 있던 6개월 뒤에 발생한 것으로, 자궁내막증으로 왼쪽 나팔관 부위를 제거한 수술이었다. 이후 의사로부터 시험관 시술을 권유받게 되었고, 결혼한 지 1년 후부터 시험관 시술을 받으면서 수술로 치료가 된 줄 알았던 기흉이 자주 재발하면서 병원으로부터 '월경성 기흉'이라는 진단을 받게 되었다. 이전까지는 내 고통을 '여성'의 몸이라는 특수성으로 경험하지 못했지만, 다섯 번째 사건부터는 내가 여성임을 끊임없이 자각할 수밖에 없게 했다.

전화를 끊고 식당 화장실에 가서 배에 주사를 놓았다. 한 쪽에 두 대다 놓아도 된다고 해서 소독한 김에 왼쪽에다가 다 놨는데, 병원에서 주사 맞은 거까지 하면 왼쪽에만 주사 세대를 연달아 맞은 거라 바늘 통증이 있는 것 같았다. 그런데 주사 한 대만 맞은 오른쪽 배도 같이 아파서 주사 때문이 아니라, 약물 반응인 것 같기도 했다.

(생략) 난자 채취를 한 뒤에는 배에 날카로운 통증이 며칠간 있다. 콩보다 더 작은 난자를 내 뱃속에서 억지로 끄집어내고 5일간 항생제를 먹어야 한다. 안에 상처가 있나 보다. 통증 외에 출혈도 있다.

-2019. 3. 20. 『불안이 젖은 옷처럼 달라붙어 있을 때』 12. 중에서

하루에 여러 번 갑자기 가슴이 두근거리며 땀이 흐른다. 겨울에도 그런다. 그러나 땀이 멈추면 너무 춥다. 계속 반복되면 뭔가에 집중하기가 어려워 평온한 마음이고 자시고 짜증이 나기 시작한다. 자다가도 가슴이 두근거리고 땀을 흘리며 깨어난다.

-2021. 9. 23. 개인 블로그 글 8. 중에서

시험관 시술 과정에서의 난자 촉진 주사로 인한 통증과 이미 내 몸에서 고갈되어 격렬한 반응으로 날 뒤흔드는 호르몬으로 인한 증상은 여성으로서의 경험이었다. 그리고 반복되는 수술과 수많은 시술은 내가 '여성'과 '환자'의 몸으로 병원이라는 공간 안에서 소외됨을 느꼈다. 이것이 19세까지 경험한 생애 핵심 사건들과 33세 이후의 사건들의 차이점이다.

병원에서 반복적으로 겪게 되는 불쾌한 일이 있는데, (…) 한 마디로 표현하면, 나라는 사람을 '질병' 그 자체, 'thing 그것'처럼 여기는 의료인의 태도를 마주할 때다.

(생략) '월경성 기흉'에 대한 인식과 그 병에 대한 탐구가 부족한 데에 있다. 문제는 여성만이 앓는 병이고, 많은 수의 여성이 아니라 적은 수의 여성만이 지독하게 여러 번 경험하는 병이기 때문에 그 고통이 외면되고 있다는 지점에 있다.

　-2020. 8. 20. 개인 블로그 글 2. 중에서

　병원에서 '여성'과 '환자'로 내가 겪은 소외에 대한 인식은, 나를 치료한 의료인들뿐 아니라, 나 또한 스스로를 '질병' 그 자체로만 평가하고 있었음을 알게 했고, 그동안 나에게 고통을 유발했던 사건들과 나의 증상에 대해 다면적인 분석에 대한 필요로 이어졌다.

3.3.2. 슬픔을 통한 자기 위안

33세부터 39세까지 다섯 번째 생애 핵심 사건부터 일곱 번째 생애 핵심 사건을 통한 내 '몸'에 대한 경험은 과거의 나와 아직도 고통스럽게 연결되어 있다는 것을 느끼게 했다. 그래서 기억에 닻을 내리고 있는 과거의 내 이야기를 글로 풀어내기 시작했으며, 다른 한편으로는 계속되는 시험관 시술의 실패와 기흉 재발로 인해 슬픔에 잠길 때가 많았다. 이 슬픔은 나를 따뜻하게 관조하며 시작되었다.

왜 나에게만 이런 일이 생기지, 라는 질문 뒤에 어둠 속 긴 터널로 진입하는 내가 있었다.

(생략) 세상 끝에 있는 사람처럼 울고 싶어질 때가 있다.

　－2021. 7. 9. 개인 블로그 글 4. 중에서

그날도, 다음 날도 괜찮았다. 그런데 오늘 여자는 자신의 남편이 결혼 후 집 안에서 하나둘씩 늘려가며 가꾼 식물들이 처음과 달리 많이 성장했다고 인식하자, 동시에 자신은 영원히 아이를 갖지 못한다는 것이 무거운 현실로 다가왔다. 여자는 고통스러웠던 유년 시절을 떠올렸다. 자신은 좋은 부모가 되겠다고 다짐했지만, 그 유년 시절이 여자의 내면을 찢고 아무는 과정에서 아이를 가질 수 없는 몸으로 만들어버렸다.

그녀는 곧 자신이 사라질지도 몰라 두려우면서도 온몸이 물이 가득해 투명해지는 것을 멈출 수 없었다. 여자의 몸은 울 준비가 되고 있었다.

　－2021. 2. 12. 소설 「빈 여자」 중에서

소설을 통해 내가 겪는 슬픔을 가상의 인물에게 투영해, 온몸으로 슬퍼하며 울다가 몸이 바싹 말라 껍데기만 남은 채로 쓰러지는 모습을 그리기도 했다. 여자 몸의 수분은 모두 몸 밖으로 흘러 남편이 키우는 식물들에 떨어져 여자뿐만 아니라, 식물들마저 위험하게 한다. 환상적인 이야기에 나의 경험을 담아, 소설 속 여성을 통해 마음껏 슬퍼할 수 있었고, 이 슬픔은 어릴 때부터 현재에 이르기까지 내가 겪은 고통에 대해 돌아보며, 마음껏 표현하고, 비로소 스스로 위로할 수 있게 하였다.

4. 증상 경험에 대한 분석적 접근

4.1. 증상의 역사성 탐구 – 아동기 트라우마

지금까지, 그리고 앞으로 내가 겪을지도 모르는 증상을 이해하고 내 '몸'을 깊이 이해하기 위해선 과거에 내가 겪었던 증상들에 대한 분석이 필요했다. 어린 시절, 고통에 대한 대처가 미숙했던 내가 겪은 '쪼개지고 분리되는 느낌', '불안발작', '죽음 공포'는 과거의 한순간으로 끝나지 않았고 그 강도와 양상은 다르지만, 현재의 나에게 영향을 미치고 있기 때문이다. 그리고 무엇보다 '나는 자주 아팠다'. 현재의 증상은 과거의 증상과 연결되어 특정 질환의 유발 가능성을 높이고, 스스로에 대한 인식에 영향을 미쳤다. 내 증상은 '아동기 트라우마' 개념으로 연결되어 설명 가능하다.

　트라우마 사건은 사건 발생 전과 후로 트라우마 당사자를 크게 변화시키는데, 트라우마에 대한 반응은 자기 자신을 둘로 나누어 자신에 대한 온전한 감각을 상실하는 이인증처럼 극적인 경험으로 나타나기도 하지만, 무엇보다 위험한 것은 의식적으로 억눌린 채로 천천히 그 사람의 내면세계를 변화시키고 스트레스에 대한 반응 양상, 지속적인 증상 경험에 영향을 미칠 수 있다.

특히, 뇌의 구조와 기능이 아직 완료되지 않은 아동·청소년기에 경험한 외상 경험은, 신경 전달 물질계, 신경 내분비계의 변화에 따라 공포 및 무력감을 겪게 하고, 편도, 해마 등 두뇌 기능의 변화로,[29] 성장 후에도 심각하고 지속적인 부정적 영향에 노출될 가능성을 높인다. 개인이 겪는 상당수의 심리적 외상이 가정에서 시작되며,[30] 가족력과 어린 시절의 심각한 외상성 사건, 바람직하지 못한 부모의 태도 등이 불안장애의 병인(病因)으로 작용한다.[31] 성장기에 부모의 배우자 폭력에 노출된 성인의 경우, 그렇지 않은 성인에 비해 '머리가 아프다', '잠이 깊이 들지 않고 자주 깬다', '가슴이 뻐근하다' 등의 부정적 신체 증상을 더 많이 호소하고, 우울과 충동성 지수가 높게 나온다.[32] 또한, 아동기 트라우마는 한 사람이 평생

29 채정호, 「외상후 스트레스 장애의 약물치료」, 『재난과 정신 건강』, 대한불안장애학회, 2004, 306~307면.

30 Van der Kolk, B. A., "Developmental trauma disorder: towards a rational diagnosis for chronically traumatized children", *Psychiatric Annuals* 35(5), 2005: 401.

31 Bandelow, B., Späth, C., Tichauer, G. Á., Broocks, A., Hajak, G., & Rüther, E., "Early Traumatic Life Events, Parental Attitudes, Family History, and Birth Risk Factors in Patients With Panic Disorder", *Comprehensive Psychiatry* 43(4), 2002: 269.

32 안귀여루, 「성장기에 부모의 배우자 폭력된 노출된 경험과 초기 성인기의 적응」, 『한국심리학회지: 임상』 20-4, 한국임상심리학회, 2001, 679~695면.

안고 가야 할 만성 염증과 호르몬 변화를 촉발할 수 있으며, 심장병과 뇌졸중, 암, 당뇨병, 심지어 알츠하이머가 걸릴 확률도 증가시킨다.[33] 중학교 때부터 현재까지 내가 자주 경험하는 아토피 피부염, 결막염, 두드러기 등의 면역성 질환과 순식간에 나를 압도해 쪼개지는 경험으로 이끄는 불안발작, 성인이 되어 현재까지 호르몬 이상으로 견뎌야 했던 '자궁내막증', '월경성 기흉', '난임' 등이 별개의 질환들이 아니라 불행했던 어린 시절의 나와 현재의 나에 이르기까지 서로 연결되어 있는 질환들이었다. 외상 경험으로 인한 외상성 신경증으로 고통받는 사람들은 위험 요소에 만성적인 경계와 과민한 반응을 보이지만,[34] 역설적으로 과거의 고통이 발생한 시점에 머물거나 현재의 시점에서 과거의 고통이 재현되는 순간을 자주 마주한다.

4.2. 증상 경험의 사회·문화적 맥락 분석

자문화기술지를 통해 나의 증상 경험을 사회·문화적 차원에서 분석하는 것은 증상 경험을 사회화하는 과정으로, 개인적 의미 획득뿐 아니라, 사회에 대한 이해를 증진할 수 있게 한다. 개인은 진공상태가 아니라, 개인을 둘러싼 환경과 끊임없이 영향을 주고받기

---

33 네이딘 버크 해리스, 정지인 옮김, 『불행은 어떻게 질병으로 이어지는가』, 심심, 2019, 19면.
34 베셀 반 데어 콜크, 제호영 옮김, 『몸은 기억한다』 1장, 을유문화사, 2016.

때문에 사회·문화적 맥락 가운데에서 증상 경험을 심층적으로 파악하는 것은 필요한 분석 작업이라 할 수 있겠다. 증상 경험의 사회·문화적 맥락 분석은 세 가지 측면으로, 하나는 생애 핵심 사건 유발에 영향을 미친 사회적 사건, 다른 하나는 사회적 사건에 대한 내 반응의 변화, 그리고 증상 경험에서 비롯된 '젊은 여성' '환자'에 대한 한국 사회의 인식을 살펴보았다.

4.2.1. 변화의 과정에서 불안정한 사회 환경

첫 번째와 두 번째 생애 핵심 사건이 일어난 시기에는 한국 사회가 급격한 변화의 과정을 거치는 중이었다. 먼저, 첫 번째 생애 핵심 사건에서 13세였던 내가 목격한, 아버지의 어머니에 대한 폭력은 1년 뒤 발생한 1997년도의 외환위기와 연관이 있는데, 평소 불안이 높은 아버지가 국가의 외환위기 선언 1년 전부터 회사에서 경험한 긴장이나 불안과 연관이 있을 거라고 생각한다. 아버지는 공기업의 수위로, 수직관계가 명확한 조직에서 가장 낮은 위치에서 일하는 사람이었다. '나는 잘난 사람인데, 사회에서 인정받지 못한다'는 말을 자주 내뱉으며 본인의 사회적 위치에 괴로워하고, 그 괴로움을 가족에게 난폭한 형태로 표현할 때가 자주 있었다. 당시 우리는 이전에 살던 집터 위에 재건축을 끝내고 입주한지 6개월 정도 되었을 때였고, 부모님 사이에선 은행 대출을 비롯해 지인에게 진 빚에 대한 이야기가 불안한 분위기 가운데에 자주 언급되었다. 가족 내 경제적 위기를 겪고 있는 시기에 아버지는 회사로부터 일방적으로 인천으로 근무지를 옮기라는 통보를 들었다. 약 2시간의 출퇴근을 기약 없이 견뎌야했기 때문에 아버지의 좌절감과 불안감은 극도로 높아져있었다. 갑작스런 근무지 이동은 1년 뒤 발생한 외환위기의 전조로 보이는데, 후에 아버지가 털어놓기를 회사로부터 무언의 '나가라'는 메시지로 들었다고 했다.

> 나: 그때 아버지가 인천으로 내려가는 게 강등된 것 같다고.
>
> 어머니: 그래, 그러면서 막 울었었어.
>
> (중략)
>
> 어머니: 사표 쓰라고 그러고. 그때도 한창 힘들었지, 사회가.
>
> —2023. 1. 18. 어머니와의 인터뷰 중에서

1997년 뉴스에서 외환위기가 공포되었다. 1997년 외환위기로 인해 한국 가족은 가족 구성원들에게 더 이상 안식처나 지지대의 역할을 할 수 없는 것으로 여겨졌는데, 이는 경제적 빈곤, 가출, 이혼 및 별거, 가정 폭력 등과 같은 가족 내의 불안정성을 나타내는 현상들이 급격하게 증가한 것으로 알 수 있다.[35] 불안한 사회 환경에서 아버지 내면에 있던 높은 불안은 사소한 자극에 외면화되어 ("내가 썼는데, 일부러 보일러 끈 거지?"), 어머니에 대한 폭력으로 이어

---

35 이호성, 「외환위기 후 사회공동체의 결속력 약화와 사회문제」, 『담론201』 6-2, 한국사회역사학회, 2004, 83면.

졌던 것으로 보인다.

왼눈의 시력 이상이 생긴 두 번째 생애 핵심 사건에서 사건의 발생은 초고도근시인 내 눈으로 인한 것이지만, 6개월 이상 치료를 받지 못하고 '방치'된 것은, 1999년도 발생한 의약 분업 사태와 관련 있다. 더 직접적인 사회적 원인은 의약 분업에 반발한 대학병원 교수급 이상 의사들의 의료 파업으로 인한 것이었다. 의사들과 약사들의 이권 다툼으로 대학병원에서의 외래 진료는 잠시 중단됐고, 나의 치료 시기는 늦춰졌다. 또한, 외환위기로 발생한 경제적 위기로 아직 집에는 경제적 여유가 없었고, 나는 왼눈의 시각적 불편감을 지닌 채 병원 진료를 기다리며 아버지의 무관심과 어머니의 무기력한 모습을 마주해야 했다. 아프기 전까지는 외면했던 부모 역할에 대한 부적응적인 모습을 나의 부모에게서 발견하게 된 것이다. 생애 위기 순간에 나는 내 경험사회로부터 외면당했다는 느낌을 강하게 받았고, 타인과 세상에 대한 불신으로 스트레스 상황에서 '고립'을 선택할 때가 많았다.

4.2.2. 사회와 나의 접점 '상실'에서 '찾기'

세 번째 사건과 네 번째 사건은 내 태도의 변화를 알아볼 수 있는 사건이다. 2001년에 경험한 신체 근육 이상 이후 정신적 문제 증상은 심각해졌고 이는 무감정으로도 이어졌다. 당시 나는 밤마다 불안발작을 일으켰고 낮에는 우울감과 무망감으로 '슬프지 않은 상태'였는데, 9·11 테러를 TV에서 뉴스 보도로 접했을 때도 마찬가지였다. 테러로 인한 사람들의 고통이 나에게 전혀 와닿지가 않고 고통스러워하는 모습이 생경하기까지 했다. TV뿐 아니라, 친구에게서도 마찬가지였다.

가끔 누군가와 대화를 나누다 보면, 나도 모르게 날이 선 말을 한다거나 아무런 감정을 느낄 수 없었다. 아버지가 돌아가신 이야기를 하며 울고 있는 친구를 바라보면서도 아무것도 느껴지지 않았다. 왜 내 앞에서 울고 있는 건지, 하마터면 짜증이 날 뻔했다. 그런 나를 발견하고 한편으로는 놀랐다. 나는 마음이 경직되다 못해, 고장 나고 있었다. 슬픈 영화나 잔인한 연쇄살인마 영화를 보아도 아무렇지 않았다.

－2018. 12. 16. 『불안이 젖은 옷처럼 달라붙어 있을 때』 2. 중에서

나는 감정을 섬세하게 느낄 수 없었고, 고통에 신음하는 타인에 대해 전혀 공감할 수 없었다. 이는 내가 감당할 수 없어 눌러놓고 외면한 슬픔을 인식하지 못한 결과라 할 수 있다. 내면이 지옥으로 변한다고 여겼고, 이는 타인의 고통에 전혀 반응하지 않는 것으로 이어졌다. 그로부터 10년간 개인, 집단 심리 상담, 정신과 병원에서 약물치료를 받는 등 내면의 지옥을 인식하고 벗어나려고 노력했다. 네 번째 생애 핵심 사건인 기흉으로 수술했던 시기, 2011년 2월에 발생한 어느 유명한 시나리오 작가가 이웃집에 김치와 쌀 좀 얻을 수 있냐는 쪽지를 남기고 숨진 채 발견된 사건은 타인의 고통에 내

가 반응할 수 있음을 확인할 수 있는 첫 사건이었다.[36] 이후 타인의 고통에 민감해졌고, 안타깝게 발생한 사고나 전쟁 소식에 격한 감정 반응을 보이기도 했다.

세월호로 아이를 잃은 부모의 편지를 읽으며 투박한 표현에 숨은 애절함을 함께 읽어내며 운다.
– 2018. 4. 12. 개인 블로그 글 1. 중에서

아직도 시리아와 같은 분쟁 지역, 그리고 국내의 세월호 사건 등만 보더라도 어린아이들의 비명이 반복되는 것 같아, 맘이 괴롭습니다.
– 2019. 3. 1. 개인 블로그 글 2. 중에서

4·16 세월호 참사는 사회의 안전망이 제대로 작동하지 않아 아이들을 죽음으로 이끈 사건으로, 많은 사람들과 더불어, 나에게도 놀람과 슬픔을 안겨주었던 사건이다. 이 사건은 보호받지 못했던 어린 시절의 내 고통을 건드렸지만, 그럼에도 당시 한국 사회의 고통에 나 또한 연결되어 있다는 걸 느낄 수 있었다. 나는 변해있었다. 더 이상 고통을 피하기 위해 사회 환경으로부터 스스로를 분리

---

36 홍석재 기자, 〈"남는 밥좀 주오" 글 남기고 무명 영화작가 쓸쓸한 죽음〉, 한겨레, 2011 – 02 – 08, http://www.hani.co.kr/arti/society/society_general/462228.html

하고 '표류'하기보다는, 사회와의 내 접점을 찾아 반응하는 존재가
되었다.

4.2.3. '젊은 여성', '환자'에 대한 사회적 인식

현대 사회는 환자 자신이 통제하지 못했기 때문에 몸이 통제할 수
없게 변한 것이라는 관점에서 질환을 바라보고,[37] '젊고 아픈 여자
들'에 대해 아픔을 이겨내고 하루빨리 잃어버린 성적 능력을 되찾
아와야 하는 존재로 여긴다.[38] 그러면서 병원에서는 환자의 '병변
제거'를 우선으로 여겨, 수술 전후 과정에서 의료인들이 환자가 겪
는 고통에 섬세하게 반응하는 것을 기대하기 어렵다. 이 질병을 오
롯이 견디거나 병변이 제거되는 과정에서, 사회에서 '젊고 아픈 여
자들'을 아픔과 멀리 있거나 빨리 회복 가능한 존재로 인식되는 것
과는 별개로, 이전의 '젊은' 상태로 절대 돌아올 수 없는 경우가 발
생한다. 나의 경우엔 어릴 때부터 종종 겪는 관절통과 자궁내막증
으로 인해 제거된 나팔관, 이후 겪게 된 호르몬 이상으로 인한 갱
년기 증상이 그것이다. 나는 노인이 겪을 법한 증상을 겪으며, 젊다
는 이유로 또래와 노년층에게서 종종 소외되고 있음을 느꼈다. 젊
은 여성은 병원 밖에서 자신의 아픔을 숨겨야만 하는 사회적 과제

---

37   아서 프랭크, 메이 옮김, 「의학의 식민지가 된 몸에서 경이를 발견하다」, 『아픈
몸을 살다』, 봄날의책, 2017.
38   미셸 렌트 허슈, 정은주 옮김, 『젊고 아픈 여자들』, 마티, 2022.

에 시달린다. 병원에서 나의 삶을 돌이켜보며 고마움을 느끼고 질병에서 회복되어가는 값진 시간을 보내기도 했지만, 동시에 '여성'과 '환자'의 몸이 얼마나 쉽게 소외될 수 있는지 경험했다.

굳이 경험하지 않아도 되는 통증을 경험한 것이다. 그렇게 응급이었다면 내가 진료를 받았던 그때에 응급실로 가서 흉관 삽입을 했겠지만, 나는 외래로 진료받고 다음 날 스스로 입원한 환자인데 굳이 수술 전 진통제 없이 버텨야 하는 시점에 흉관 삽입을 해야 했던 점이 의문이다. 돌이켜보면 매우 불필요한 고통을 경험한 것이다.

(생략) (자궁내막증 수술 후) 다른 병원에서 진료 후 그 수술이 매우 공격적으로 병변을 제거한 것임을 알게 되었다. 나팔관을 자르면 수술 시간은 30분이면 충분하지만, 조직이 상하지 않게 병변을 제거하기 위해선 약 3시간의 시간이 필요하다.

－2020. 8. 28. 개인 블로그 글 3. 중에서

기흉과 자궁내막증 수술 후에도 관련 질병을 지속적으로 경험하면서 병원에서 내 몸이 때때로 '대상화'된다는 것을 깨달았다. 첫 번째 기흉 수술을 받기 위해 입원했을 때, 전공의의 잘못된 판단으로 수술을 끝내고 하는 흉관 삽입을 수술 전에 하고서 나는 진통제도 없이 견디며 수술을 기다려야 했다. 의사의 판단에 있어 실수가 있었음은 수술 당일, 수술 집도의를 만나고서야 알게 되었다. 전공의에게 환자에 대한 배려가 조금이라도 있었다면 벌어지지 않았을

'아주 작은 실수'였지만, 그 결과에 대한 통증은 오로지 내가 감당해야만 했다. 그뿐만이 아니었다. 나는 흉관으로 인해 극심한 통증으로 빨리 정신을 잃어버렸으면 좋겠다는 생각으로 차가운 수술대위에 알몸으로 인생에서 최대한 고통스럽고 무방비하게 누워있으면서 의료인들의 점심 메뉴에 대한 수다를 듣고 있었다. 그들에게 있어 나는 전혀 중요한 존재가 아니었다. 수술대 위에 누워있을 때, 그들은 나를 인격을 가진 존재가 아니라, "폐에 구멍 난 몸뚱이"[39] 로 여긴다는 생각마저 들었다.

병원에서 환자는 병을 품고 있는 '인격적 존재'가 아니라, '완벽한 병변 제거의 대상'으로만 기능하고 있다. 또한, 여성 환자의 몸은 남성 중심의 의료계에서 오랫동안 대상화된 역사를 가지고 있으며, 재생산 과정에 관한 중요한 결정에 있어서도 여성 자신이 소외될 때가 많다.[40] 병원에서의 환자는 자신의 병든 몸을 매개로 의사와 만나며, 병의 의학적 지식이 부족하기 때문에 의사와의 권력관계에서 약자의 입장에 설 때가 많다. 따라서 병원은 환자에게 검사, 치료, 수술 등의 의료적 행위에 대한 충분한 설명이 필요하며, 무엇보다 환자를 '인격을 가진 몸'으로 대해야 한다. 그러나 여전히 병원에서 환자는 고통에 둔감한 의료인들을 만나야 하고, 병원에

---

39 분석자료 - 2019. 1. 5. 에세이 『불안이 젖은 옷처럼 달라붙어 있을 때』 5. 중에서

40 이동욱, 「여성환자의 안락사에 관한 연구」, 『여성학논집』, 23 - 2, 이화여자대학교 한국여성연구원, 2006, 78면.

들어서는 순간 병변의 유무로 의료적 행위에 수동적인 '몸'이 되길 각오해야 한다.

4.3. 증상 경험의 대인관계적 맥락 분석

4.3.1. '의미있는 타인'과의 상호작용 – 자기서사의 변화

의미있는 타인(Significant Others)이란, 개인의 자기관과 세계관에 중요한 영향을 주는 존재를 뜻한다. 긍정적인 영향을 주는 의미있는 타인은 나를 지원하고 나의 성장을 돕지만, 부정적 영향을 주는 의미있는 타인의 경우에는 나에게 깊은 심리적 상처를 주거나 내 삶을 가로막는다.[41] 첫 번째 의미있는 타인은 주로 부모가 되며, 성장 후에는 애인, 배우자나 자식이 된다. 문학치료학에서 개인을 서사의 주체로 보고 기초적인 자기서사를 진단할 때, 부모서사, 남녀서사, 부부서사, 자녀서사로 나누어 분석하는 것 또한 의미있는 타인이 개인의 행동과 판단, 감정 등을 생성하는 데 강력한 영향을 미치기 때문이다.[42] 문학치료학에서는 서사영역을 구분화해서 살펴보고 있지만, 이는 개인의 발달 과제에 따라 서사영역이 구분되고 확장되어 가는 것으로, '의미있는 타인'과의 상호작용으로 서사영역 간 영향을 주

---

41 권석만, 『인간관계의 심리학』, 학지사, 2006, 51면.
42 황혜진, 「자기서사 진단도구의 개발 현황과 개선 방안」, 『문학치료연구』 38, 한국문학치료학회, 2016, 69면.

고받을 것이다. 자기서사의 기초서사는 다시 서사 주체의 관계 양식에 따라 가르기, 밀치기, 되찾기, 감싸기로 나누는데,[43] 건강한 자기서사란 네 가지 서사영역의 서사를 두루 포괄하면서 각 서사영역에서 감싸기의 관계 맺기 방식을 구현하는 서사라 할 수 있다.[44] 가르기, 밀치기, 되찾기, 감싸기는 각각 장단점이 있지만,[45] 가르기와 밀치기가 문제 상황에서 관계에서의 소통 단절을 내포하고 있으며, 되찾기와 감싸기가 궁극적으로 관계 형성의 성숙한 태도를 지향하고 있다. 그러나 현재 상황에 필요한 서사를 자유롭게 구현하기 위해서는 각 관계 방식에 대한 서사 경험을 갖춰야 한다.

나는 조금씩 부서지고 있는데, 어머니는 외면하고 싶어 고개를 돌렸고, 아버지는 관심이 없었다.

문틈으로 술 취한 아버지가 나를 '갖다 버렸으면 좋겠다'고 하는 소리를 들었다. 말이 안 된다고 생각했다. 그 때 나는 벌써 고등학교 3학년이었는데, 버리기엔 너무 늦었기 때문이다. 나는 집을 곧 벗어나고 말 거라고 다짐했다. 그리고 대학생이 되자마자 모두의 반대 속

43 정운채, 「문학치료학의 서사이론」, 『문학치료연구』 9, 한국문학치료학회, 2008, 266면.
44 조은상, 「문학치료에서 자기이해의 필요성과 방법」, 『문학치료연구』 45, 한국문학치료학회, 2017. 10, 38면.
45 정운채, 「문학치료학의 서사이론」, 『문학치료연구』 9, 한국문학치료학회, 2008, 267면.

에, 반대하든 말든 상관도 안 했지만, 집을 벗어나 살았다.

2018. 12. 26. 에세이 『불안이 젖은 옷처럼 달라붙어 있을 때』 2. 중에서

어린 시절 생애 핵심 사건에서의 증상 경험은 부모가 날 보호하지 않은 것에 대한 분노와 실망으로 이어졌다. 건강하지 않을 때 경험한 나의 생애 첫 의미있는 타인인 부모의 외면은, 내가 세상으로부터 접점을 잃고 표류하는 것과 같이 느끼는 데에 강력한 영향을 미쳤다. 그래서 대학교에 입학하자마자 나에게 부정적 영향을 주는 '부모'로부터의 분리를 선택했다. 부모와 함께 살며 증상 경험을 할 때에는 부모를 좋은 부모와 나쁜 부모의 상으로 구분하는 가르기 서사적 특성을 가졌으며, 부모에 대한 깊은 원망으로 부모의 상을 통합하지 못한 채 나쁜 부모의 영향에서 무작정 벗어나고자 하는 밀치기서사로 이어졌다.

원망은 내면 깊숙한 곳에서 보호받고 싶었지만 충족되지 못했던 욕구에서 비롯되었고, 밀치기서사 과정에서도 여전히 부모의 부정적 영향으로부터 자유롭지 못했다. 그러나 단계적으로 개인적 목표를 성취해나가고, 정신과 치료와 심리 상담 등의 전문적 도움을 받아 회복해나가는 동시에 다른 이들의 고통에 반응하며, 과거의 나와 부모를 객관화하여 좋은 부모와 나쁜 부모의 상을 통합할 수 있었다.

네 번째 생애 핵심 사건에서 기흉 수술이 끝난 후 "수술 전날 밤 통증 때문에 잠을 설치는 나에게 어머니가 건네준 물수건으로 입

술을 적셨을 때의 시원함"⁴⁶과 함께 곁에서 나를 간호하던 어머니의 모습에서 어릴 때 충족되지 못했던 '보호받는다'는 욕구가 충족되었고, 내가 조금씩 과거 부모의 나이에 가까워질수록 부모 또한 상황에 '약한 존재'임을 받아들이며, 자기서사는 부모되찾기서사로 이어졌다.

> 남편: 아버지한테 그런 거는 많이 느껴지긴 해. 처음에는 원망하는 이야기를 많이 했는데, 어느 순간 네가 바뀌어야겠다고 얘기했던 게 기억나고.
>
> (중략)
>
> 남편: 자주 아프고, 이렇게 네가 안 겪어도 될 일을 너 혼자 겪는 것에 대해 많이 원망하는 게 있었는데, 점점 그게 줄어든 것 같아.
>
> -2023. 1. 19. 남편과의 인터뷰 중에서

부모의 부정적 영향으로부터 자유로워질 수 있었던 데엔 남편의 역할 또한 컸다. 아동기 트라우마와 같이 개인의 신체적·정신적 건강에 지속적으로 부정적 영향을 미치는 경우라도 성인기의 긍정적인 사회적 관계 구축은 트라우마의 부정적 영향을 감소시킨다.⁴⁷

---

46 분석자료-2019. 1. 5.『불안이 젖은 옷처럼 달라붙어 있을 때』 5. 중에서
47 송리라, 이민아, 「아동기 트라우마 경험과 성인기 우울의 관계: 사회적 관계의 조절효과」, 『한국인구학』, 39-2, 한국인구학회, 2016, 17면.

남편은 네 번째 생애 핵심 사건부터 의미있는 타인으로, 내가 병원에 입원할 때마다 긍정적인 보호자의 역할을 수행해 주었다. 기흉으로 처음 수술을 받았을 때에도 결혼 전 남자친구였던 남편이 어머니와 번갈아가며 간호해 주었고, 도움이 필요한 시기에 세심하게 지원이 가능한 사람이 내 곁에 지속적으로 있어준 경험은 대인관계에 대한 믿음을 회복하는 결정적인 계기가 되었다.

돌이켜보면, 아버지는 자신의 부모에게서 사랑을 경험한 적이 없었다. 안정적인 애착 경험을 해본 적이 없으니, 자신 또한 자식에게 어떻게 해야 하는지 몰랐고, 그저 자식이란 자신을 위해 존재하는 부산물로 여기는 정도였다. 아버지는 할머니가 그랬듯이 외모 가꾸는 것과 먹는 것에 집착했다.

(생략) 할머니, 아버지, 나 또한 우리는 서로의 원인이자 결과였다.

－2019. 1. 28. 『불안이 젖은 옷처럼 달라붙어 있을 때』 9. 중에서

결혼을 통해 부모님과 공식적으로 분리되어 남편과 가족을 형성한 후에는 아버지와 나의 관계를 할머니와 아버지의 관계를 통해 살펴볼 수 있는 심리적 여유를 갖게 되어, 세대 간 관계 양상이 반복되는 것을 깨달았다. 아버지는 할머니와의 관계에서 적절한 애정과 보호를 경험한 적이 없었고, 이는 아버지와 나의 관계에도 대물림되었다. 애착 이론에 따르면, 개인은 생애 최초로 만나는 부모와의 애착 경험에 따라 자신과 타인, 세계에 대한 내적 표상을 형성

해, 관계에 대한 기대, 관계를 통해 발생하는 감정·행동의 만성적 경향으로 나타난다.[48] 개인은 애착 시스템을 통해 자신에게 일어난 일을 해석하고 미래를 예상해 자신의 행동을 계획하게 되며, 이는 새로운 관계 경험을 통해 재구성될 수 있다. 나의 애착 시스템은 남편과의 관계 경험을 통해 재구성되었고, 지속적으로 고통을 유발하는 사건을 경험하는 과정에서 할머니와 아버지, 나는 '서로의 원인이자 결과'로서 영향을 주고받았음을 성찰하며, 감싸기서사를 향해 나아가고 있다.

4.3.2. 고통의 동료

병원에서 의료인들의 무심한 태도에 소외감을 느끼기도 했지만, 병실에 같이 입원한 사람들과의 관계 경험은 우리가 지금 함께 고통을 이겨내는 현장에 동참하고 있다는 '연대감'을 느끼게 했다. 사회에서는 쉽게 나누지 못하는 질병과 고통, 죽음에 대해 그들과는 자유롭게 이야기 나눌 수 있었다. 특히 병실에서 여성 노인들을 많이 만나게 됐는데, 그들의 삶에 대한 이야기를 들을 수 있었던 건 내 고통의 무게를 견딜 수 있게 느끼는 데에 큰 도움이 되었다.

---

48 Phillip R. Shaver and Mario Mikulincer, "*A Behavioral Systems Approch to Romantic Love Relationships : Attachment, Caregiving and Sex*" The New Psychology of Love, ed. Robert J. Sternberg & Karin Weis. (Yale University, 2006), 40.

"할머니는 죽는 게 두렵지 않으셨어요?" 흉부외과에 입원했을 때 같은 병실 동기인 할머니에게 물었다. 할머니는 일 년 전에 '(할머니의 표현에 따르면) 심장이 먹먹해져서' 응급실에 실려 와 막힌 심장 동맥을 넓히는 스텐스 수술을 받았다. 수술 시간만 자그마치 10시간이 넘었다고 했다. 혈압도 있고 당뇨도 있어서 수술 경과가 그렇게 좋지 않을 거라는 집도의의 말에 가족들도 마음의 준비를 하고 할머니의 수술 시간을 견뎠다고, 나에게 말했다. 그리고 최근에 갑자기 가슴 부근에 통증을 느끼고 입원하신 거였다. "수술이 잘못될 수도 있었던 거예요? 안 힘드셨어요?" "나는 수술대에 누워있었는데, 내가 뭘 힘들어. 수술한 의사 선생님이 힘들지." "그래도 병원에 빨리 오셔서 수술받으셔서 다행이네요." "맞아. 내 친구 중엔 그냥 참다가 밤새 안녕했지. 나도 그랬으면……. 지금도 딸이 하도 병원 가보자 해서 왔다가 입원한 거야." 할머니의 옷을 살짝 내려, 가슴에 그어진 수술 자국의 일부를 보여주기도 했다. "수술하다가 그대로 죽었을 수도 있지." "무섭지 않으세요? 죽는 거?" "뭐가 무서워. 죽을 때 되면 죽는 거지. 죽는 건 겁 안 나는데, 우리 손녀가 걱정이지."

－2019. 1. 10. 『불안이 젖은 옷처럼 달라붙어 있을 때』 6. 중에서

기흥으로 입원했을 때 만난 할머니는 '죽음이 두렵지 않느냐'는 내 물음에 겸허히 죽음을 수용하는 모습을 보였다. 할머니의 태도는 불안발작과 죽음에 대한 공포로 힘들어하는 나의 태도와 정반대였다. 할머니와의 대화를 통해 나는 죽음에 대한 새로운 시각을

가지게 되었다. 죽음 사건은 인간에게 일어날 수밖에 없는 필경의 사건으로, 사는 내내 두려워하고 외면하기보다는 현재의 '살아있는 순간'에 집중하며 살아내야 한다는 것이다. 삶의 과정에는 고통 또한 동반되는 것이고, 증상 경험은 나의 '고유성'을 드러내는 고통의 산물인 동시에 내가 다른 사람들과 연결되는 중요한 매개체가 되었다. 또한, 죽음 앞에서도 손녀를 걱정하는 할머니의 모습에서 죽음이 두렵지 않을 수 있었던 건 자신과 긴밀하게 연결되어 있는, 의미있는 타인들을 사랑하고 그들의 안녕을 진심으로 바라는 마음이라는 걸 알게 되었다.

4.4. 증상 경험 글쓰기를 통해 고통 받아들이기

심리적 외상의 경험에 대해 기억이나 감정을 억압하는 방법으로 대처할 때, 면역성 질환 등의 만성질환으로 이어질 가능성이 높다.[49] 심리적 외상을 안전하게 들여다볼 수 있는 방법이 바로 글쓰기다. 글쓰기를 통해 과거로부터 현재에 이르는 내 '몸'의 역사와 서사적 주체로서 내가 형성하는 이야기 속에서 나의 위치를 파악할 수 있었고, 이는 고통에 대한 인식 변화로 이어졌다. 증상 경험에 대한 글쓰기가 나에게 미친 영향은 다음과 같다.

첫째, 나의 증상 경험에 대해 구체성을 부여할 수 있었다. 2018

---

49   제임스 W. 페니베이커 · 존 F. 에반스, 이봉희 옮김, 『표현적 글쓰기』, 2017, 31면.

년 2월부터 2021년 12월에 이르기까지 약 4년간의 증상 경험에 대한 글쓰기는, 내 머릿속에서 뒤엉켜 있는 트라우마 사건과 증상 경험들을 내 언어로 표현하고 정리할 수 있는 계기가 되었다. 트라우마 기억은 개인에게 강렬한 감정을 동반한다. 감정으로만 가득 차 있고 언어화되지 않은 정보는 경계경보로 떠다니게 되는데, 그 경험에 대한 글쓰기는 사건에 의미와 일관성을, 나아가 자기 삶에서의 구조와 위치도 부여하게 된다.[50] 글을 쓰기 위해 기억의 한 지점을 선택해 시작해야 했고, 기억에 대한 글을 쓰며 기억의 빈틈을 찾아내는 동시에 오랫동안 의식하지 못했던 장면들을 발견하게 되었다. 예를 들어, 응급실에서 만난 옆집 아주머니의 불쾌한 평가("어린애가 풍이 왔네")와 같이 위기에 처한 나를 더 힘들게 했던 기억 조각도 발견했지만, 기흉 수술 전날 극심한 통증을 견딜 때 어머니가 건네준 물수건의 시원함과 같이 통증으로부터 잠시나마 자유로움을 얻을 수 있었던 기억 조각을 발견할 수 있었다. 더불어, 글쓰기 이후 분석하는 과정에서 나에게 강렬한 영향을 미친 사건들을 '생애 핵심 사건'으로 명명한 것은 그 사건의 증상 경험이 나에게 주는 의미를 명료화하는 작업이었다. 구체성을 확보한 기억은 더 이상 내 머릿속을 휘젓고 돌아다니지 않았다.

둘째, 나는 고통을 통해 성장해왔음을 알게 되었다. 증상 경험에 대한 글쓰기를 시작할 때에는 '왜 아직도 나는 계속 아픈가'하

---

50 짐 렌든, 김유미·엄별비 옮김, 『아픔에서 선물을 찾다!』, 학지사, 2018, 157면.

며 분노하고 있었다. 나의 병든 '몸'은 매번 나의 목표 수행을 방해하고, 과거를 잊고 즐거운 미래로 날아가려는 발목을 잡아 끌어내려 날 굴복시키고야 만다고 여겼다. 무엇보다 나는 '아픈 존재'임을 인정하면서도 벗어나고 싶었는데, 증상은 나의 문제점을 도저히 외부에 숨길 수 없게 만들었다. 그 문제점은 불행했던 어린 시절의 과거로부터 오는 것이어서 무력감을 느꼈다. 그러나 글쓰기를 이어가면서 내 몸이 과거로부터 연결되어 있지만, 증상 경험에 있어 내 태도의 변화를 발견했다. 어린 시절 이인증, 근육 이상 등으로 드러난 '고통에 압도 당하는 나'로부터 성인이 되어 겪은 기흉과 자궁내막증, 난임을 겪으며 '고통을 삶의 일부로 받아들이는 나'로 변하게 되었다. 이는 일시에 극적으로 드러난 증상과 만성적 질환으로 인한 증상이라는 점에서 차이가 있지만, 내 증상을 시간의 연속선상에서 이해하려는 노력과 더불어 내 '몸'을 있는 그대로 수용하려는 노력에 있어서도 차이를 발견할 수 있다. 글쓰기를 통해 감정에 매몰되지 않고 내 안에서 감정을 흘러가게 할 수 있었다.

셋째, 증상 경험에 대한 글쓰기는 나를 '고통받는 존재'에서 '타인의 고통에 반응하는 존재'로 인식을 변화시켰다. 고통은 필멸의 존재라는 걸 온몸으로 느끼게 해, 고통의 주체를 고독하게 만든다. 그러나 증상 경험에 대해 기술하고 분석하면서 깨달은 점은 내 고통의 현장에 '의미있는 타인'이 항상 함께 있어주었다는 것이다. 나는 혼자가 아니었다. 나를 위해 헌신한 사람들을 기억 속에서 발견하니, 고통의 무게가 조금은 가볍게 느껴졌다. 또한, 병원에서 만났던 죽음에 관조한 노인들의 모습에서 내가 닮고 싶은 모습을 발견하고, 내가 겪는 고통이 나만의 것인 동시에 나만 겪는 것이 아니라는 것을 알게 되었다. 내가 아프지 않았다면 절대 도달하지 않았을 나만의 진실은 '고통을 통해 타인과 연대할 수 있다'는 것이다. 내 고통은 타인과 사회와의 연결감을 회복하게 이끌었다.

할머니가 잠시 뜸을 들이다가 나에게 몸을 돌려 이야기를 꺼낸 건 기억이 난다. '서운하다'라는 표현이 이렇게 묵직하게 다가올 줄 몰랐다. 아이의 죽음 앞에서 느꼈을 할머니의 고통을 서운하다고 표현하실 줄이야. 일상에서 나는 내 감정을 표현하는 데에 쓸데없이 의미 부여를 한 것 같았다.

"서운하다… 할머니, 많이 서운하셨겠어요." "응. 너무너무 서운했어." 할머니는 흐르는 눈물 때문에 수건으로 얼굴을 마구 비볐다. "근데 무슨 이유인지 모르겠지만, 그때 이후로 딸을 자주 못 봐."

  −2019. 1. 10. 『불안이 젖은 옷처럼 달라붙어 있을 때』 6. 중에서

5. 결론

본 연구는 자문화기술지를 통해 연구자가 증상 경험에 대한 글쓰기와 분석을 거쳐, 고통에 대한 성찰로 이어가는 과정을 살펴보았다. 고통을 유발하는 부정적 사건은 한 사람의 내면을 파괴하기도

하지만, 그 고통에 대해 의미를 되찾는 작업을 통해 그 사람의 부서진 내면을 다시 구축할 수 있다. 증상 경험은 자기 자신을 느끼고 깨닫기를 멈추지 않는 과정으로, 스스로 '내가 무엇인지'를 이해할 수 있게 한다.[51] 트라우마 사건은 우리에게서 언어를 빼앗아가고 고통스러운 시점에만 머물게 하지만, 증상을 통해 전해오는 메시지를 읽어내려 한다면 우리는 다시 그 트라우마로부터 언어와 현재에 대한 감각을 되찾게 된다. 이는 증상 경험에 대한 글쓰기를 통해 가능하다.

자문화기술지를 통해 증상 경험에 대한 글을 분석하면서 증상 경험을 더 명료하게 구체화할 수 있었고, 증상 경험으로부터 의미를 도출해낼 수 있었다. 과거에 내가 고통으로부터 '쪼개지고 부서진' 증상 경험을 했다면, 현재는 고통으로부터 '슬픔'을 경험하고 있었고, 이 슬픔은 내 고통을 이해하려는 노력에서 비롯되었다. 증상 경험이 주는 고통에만 집중하느라 보지 못했던 증상 경험과 상호 영향을 미친 사회적 요인, 대인관계적 양상을 살펴보며, 통합적으로 증상 경험을 살펴볼 수 있었다. 현재까지 나에게 일어난 증상 경험을 '아동기 트라우마'의 영향으로 분석했고, 첫 번째 생애 핵심 사건과 두 번째 생애 핵심 사건에 큰 영향을 미쳤던 사회적 사건인 외환 위기와 의약 분업 사태가 나에게 미친 영향, 사회적 사건을 대하는 나의 달라진 태도 차이, '젊은 여성' '환자'로 살아가며 경험한

51　최은주, 『질병』, 은행나무, 2022, 82면.

사회적 인식에 대해 분석했다. 또한, 증상 경험의 대인관계적 분석을 통해 자기서사의 부모가르기서사는 밀치기서사, 되찾기서사를 거쳐, 새로운 의미있는 타인인 남편과의 긍정적인 관계 형성을 통해 부모의 약점까지도 수용하는 부모감싸기서사로 이행할 수 있었음을 알 수 있었다. 고통의 순간에 함께 했던 사람들과의 기억은 나를 고통에 얽매이지 않게 하는 요인으로 작용했다.

고통은 자신만의 고유성을 체험하는 과정이지만, 고통에 대해 이야기하는 과정은 사회로부터 연결감을 회복할 수 있게 한다. 고통을 매개로 자기 자신과 어떤 관계를 맺고 있었는지, 외부 세계와 어떤 관계를 맺게 되었는지 이야기 나누며, 고통을 이야기 속에서 흘러가게 해야 한다. 고통을 이야기 속에서 흘러가게 하는 것이 자기서사의 변화를 가져온다. 이야기 속에서 달라진 나의 '서사적 위치'를 확인하게 된다. 문학치료학이 고통에 집중해야 하는 이유가 여기에 있다. 고통만큼 분명하게 목소리를 내는 것이 없다. 내담자의 '고통'을 이야기의 신호로 읽고, 이야기를 통해 고통의 주체가 고통과 관계 맺는 방식을 발견해나간다. 이야기 속에서 내담자가 자신의 고통에 대한 의미를 획득한 순간 고통은 이야기와 함께 흘러가게 된다. 비로소 내담자 스스로 자신이 고통보다 큰 존재로서 자신을 인식하게 된다.

참고문헌

논문 및 단행본

강서영, 『소설창작을 통한 문학치료 연구』, 건국대학교 석사학위논문, 2007.

권석만, 『인간관계의 심리학』, 학지사, 2006.

김석, 『불안』, 은행나무, 2002.

김영진, 이동성, 「자문화기술지의 이론적 관점과 방법론적 특성에 대한 고찰」, 『열린교육연구』 19 - 4, 한국열린교육학회, 2011.

김영천, 이현철, 『질적 연구방법과 상담심리학』, 아카데미프레스, 2017.

박순용, 장희원, 조민아, 「자문화기술지: 방법론적 특징을 통해 본 교육인류학적 가치의 탐색」, 『교육인류학연구』 13 - 2, 한국교육인류학회, 2010.

방유리나, 『고전문학의 남녀서사를 활용한 영화창작치료 연구』, 건국대학교 석사학위논문, 2016.

송리라, 이민아, 「아동기 트라우마 경험과 성인기 우울의 관계: 사회적 관계의 조절효과」, 『한국인구학』, 39 - 2, 한국인구학회, 2016.

신동흔, 「문학치료학 서사이론의 보완 확장 방안 연구」, 『문학치료연구』 38, 한국문학치료학회, 2016.

안귀여루, 「성장기에 부모의 배우자 폭력된 노출된 경험과 초기 성인

기의 적응」, 『한국심리학회지: 임상』 20 - 4, 한국임상심리학회,
　　2001.

이동성, 『질적연구와 자문화기술지』, 아카데미 프레스, 2012.

이동욱, 「여성환자의 안락사에 관한 연구」, 『여성학논집』, 23 - 2, 이화여
　　자대학교 한국여성연구원, 2006.

이정빈, 『질적 연구방법과 상담심리학』, 학지사, 2018.

이호성, 「외환위기 후 사회공동체의 결속력 약화와 사회문제」, 『담론
　　201』, 6 - 2, 한국사회역사학회, 2004.

정운채, 「자기서사의 변화 과정과 공감 및 감동의 원리로서의 서사의 공
　　명」, 『문학치료연구』 25, 한국문학치료학회, 2012.

정운채, 「문학치료학의 서사이론」, 『문학치료연구』 9, 한국문학치료학회,
　　2008.

조은상, 「문학치료에서 자기이해의 필요성과 방법」, 『문학치료연구』 45,
　　한국문학치료학회, 2017.

채정호, 「외상후 스트레스 장애의 약물치료」, 『재난과 정신 건강』, 대한불
　　안장애학회, 2004.

최은주, 『질병』, 은행나무, 2022.

황혜진, 「자기서사 진단도구의 개발 현황과 개선 방안」, 『문학치료연구』
　　38, 한국문학치료학회, 2016.

Bandelow, B., Späth, C., Tichauer, G. Á., Broocks, A., Hajak, G., & Rüther, E., "Early Traumatic Life Events, Parental Attitudes, Family History, and Birth Risk Factors in Patients With Panic Disorder", *Comprehensive Psychiatry* 43(4), 2002.

Frank, Arthur. W. 메이 옮김, 『아픈 몸을 살다』, 봄날의책, 2017.

Freud. S. 고낙범 옮김, 『꿈의 해석』, 열린책들, 2003.

Hall, H. 김보은 옮김, 「대체 의학은 왜 사라지지 않는가」, 『스켑틱』, 27, 바다출판사, 2021.

Harris, N. B. 정지인 옮김, 『불행은 어떻게 질병으로 이어지는가』, 심심, 2019.

Hirsch, Michelle Lent. 정은주 옮김, 『젊고 아픈 여자들』, 마티, 2022.

Kolk, Bassel Van Der. 제호영 옮김, 『몸은 기억한다』, 을유문화사, 2016.

Pennebaker, James. W., & Evans, John. F. 이봉희 옮김, 『표현적 글쓰기』, 2017.

Rendon, Jim. 김유미·엄별비 옮김, 『아픔에서 선물을 찾다!』, 학지사, 2018.

Shaver, Phillip R., & Mikulincer, Mario. "*A Behavioral Systems Approch to Romantic Love Relationships : Attachment,*

Caregiving and Sex" The New Psychology of Love, edited by Robert J. Sternberg & Karin Weis, 35-63. Yale University, 2006.

Van der Kolk, B. A. "Developmental trauma disorder: towards a rational diagnosis for chronically traumatized children", *Psychiatric Annuals* 35(5), 2005.

Wolynn, Mark. 정지인 옮김, 『트라우마는 어떻게 유전되는가』, 심심, 2016.

트라우마를 가진 당신을 위한
회복과 치유의 심리에세이

불안이 젖은 옷처럼
달라붙어 있을 때

초판 1쇄 인쇄 | 2023년 5월 24일
초판 1쇄 발행 | 2023년 6월 2일

지은이 　 | 박성미
펴낸이 　 | 전준석
펴낸곳 　 | 시크릿하우스
주소 　　 | 서울특별시 마포구 독막로3길 51, 402호
대표전화 | 02-6339-0117
팩스 　　 | 02-304-9122
이메일 　 | secret@jstone.biz
블로그 　 | blog.naver.com/jstone2018
페이스북 | @secrethouse2018
인스타그램 | @secrethouse_book
출판등록 | 2018년 10월 1일 제2019-000001호